Charmed

Charmed

Zauberhafte Schwestern

Die Saat des Bösen

Roman von
Torsten Dewi
und Dana Ahlers

vgs

Bibliografische Information Der Deutschen Bibliothek
Die Deutsche Bibliothek verzeichnet diese Publikation in der Deutschen Nationalbibliografie; detaillierte bibliografische Daten sind im Internet über http://dnb.ddb.de abrufbar.

Das Buch »Charmed – Zauberhafte Schwestern. Die Saat des Bösen« von Torsten Dewi und Dana Ahlers entstand auf der Basis der gleichnamigen Fernsehserie von Spelling Television, ausgestrahlt bei ProSieben.

1. Auflage 2002

Lektorat: Ilke Vehling
Produktion: Wolfgang Arntz
Umschlaggestaltung: Sens, Köln
Titelfoto: © Spelling Television Inc. 2002
Satz: Kalle Giese, Overath
Druck: Clausen & Bosse, Leck
Printed in Germany
ISBN 3-8025-2993-6

Besuchen Sie unsere Homepage im WWW:
www.vgs.de

For Fred, who never tires of helping out,
humbling me in the process

Angriff der Fledermäuse

1

RUMMS! MIT EINEM KRACHEN explodierte das Glas und zerriss die Radierung, die Piper vor ein paar Monaten auf dem Flohmarkt erstanden hatte.

Ein Glück, dass es kein Original gewesen war!

Zischend fauchte ein weiterer Energieblitz durch das Wohnzimmer des Halliwell-Hauses. Es gelang der jungen Hexe gerade noch, hinter das alte Sofa zu springen.

WUMP! Die Federn des bestickten Sofakissens schossen in die Luft und segelten wie Schneeflocken zu Boden.

Genug, dachte Piper sauer. Der Verlust der Radierung war ja noch zu verschmerzen, aber das Sofakissen war ein Einzelstück gewesen.

Sie stand auf und blickte ihre Gegnerin an. Mit ihrem Afro-Look und ihrem engen Lederoutfit sah die Harpyie ziemlich tough aus. Die Dienerinnen der Hölle hatten schon immer einen Sinn für spektakuläre Auftritte gehabt.

Piper versuchte es noch einmal mit ihren Hexenkräften. Doch trotz der entsprechenden Handbewegung blieb die Zeit nicht stehen.

Sie seufzte. Nun brauchte sie wirklich ein wenig Verstärkung.

»Wo bleibt ihr denn?«, rief sie halblaut in den Raum, wobei sie ihre Widersacherin nicht aus den Augen ließ.

Prompt begann es, im Wohnzimmer silbrig-blau zu

funkeln und innerhalb von zwei Sekunden materialisierten zwei schlanke, weibliche Körper.

Es waren Phoebe und Paige Halliwell, ihre Schwestern, die fehlenden Personen für die Macht der Drei!

Phoebe sah ihre ältere Schwester fragend an, denn sie stand mit dem Rücken zur Harpyie. Piper fuchtelte mit ihren Fingern, um sie auf die Gefahr hinzuweisen.

Leider dauerte das eine Sekunde zu lang. Der Schlag der Harpyie erwischte Phoebe, bevor sie sich verteidigen konnte. In hohem Bogen flog sie durch das Wohnzimmer. Erst das Sofa fing ihren Flug ab.

Paige erging es nicht besser. Der »Neuzugang« unter den Halliwell-Schwestern hatte die Situation kaum erfasst, da nutzte die Harpyie bereits einen telepathischen Stoß, um sie in den Porzellanschrank zu werfen.

Alles in allem gaben die Halliwell-Hexen als Kämpferinnen für das Gute ein trauriges Bild ab.

Doch Piper hatte gelernt, auch in schwierigen Situationen einen klaren Kopf zu behalten. Während die Dämonin mit ihren Schwestern beschäftigt war, ging Piper zum Gegenangriff über.

Der Radschlag mit anschließendem Drehkick gehörte eigentlich zu Phoebes Standard-Repertoire, aber Piper hatte ihn sich noch vor kurzem für solche Situationen beibringen lassen. Ihr schlanker Körper schoss quer durch das Wohnzimmer und ihr rechter Fuß stieß mit voller Wucht gegen das Schlüsselbein der Gegnerin. Die Dämonin kreischte auf und fiel zu Boden.

Piper nutzte den Moment und eilte zu ihren Schwestern, die sich gerade wieder aufrappelten.

»Mädels, hier ist der Spruch, und jetzt fix«, keuchte sie und entfaltete eine Abschrift aus dem *Buch der Schatten*.

Gemeinsam lasen sie den Bannspruch vor:

»Dämon, der du uns bedrohst,
reise in die Totenwelt.
Wo das Fegefeuer tost,
hat man deinen Platz bestellt.«

Es war immer wieder interessant zu sehen, was nach den Bannsprüchen der Halliwell-Hexen folgte. Grundsätzlich gab es Feuer, Rauch und Gestank, dann und wann auch einen beeindruckenden Lichtblitz. Übrig blieb Asche und ein Brandfleck, oder im besten Falle gar nichts.

Trotzdem gab es auch Variationen. Die Harpyie zum Beispiel hatte offensichtlich viel zu leiden. Sie schrie, während gelbrote Flammen ihren Körper auffraßen. Es dauerte fast eine Minute, bis die Hölle sie vollständig zu sich holte. Das war ein Rekord.

Danach setzte Stille ein.

»Puh«, keuchte Piper. »Tut mir Leid, dass ich euch damit belästigen musste, aber dieses Miststück war gegen meine Kräfte immun.«

Das war keine beruhigende Aussage, wenn man sich vor Augen hielt, dass Pipers Kräfte in den letzten Monaten beträchtlich gewachsen waren.

Aber Phoebe winkte ab und zupfte sich den Spaghetti-Träger ihres schwarzen Minikleids zurecht. »Macht nichts. Ich wollte sowieso gleich Feierabend machen.«

Paige, die mit ihrer pastellfarbenen, schulterfreien Bluse und dem dazu passenden Haarband wie eine Reklame aus den 50er Jahren aussah, hielt Phoebe vorsichtig am Arm fest: »Moment mal, du hast da was abbekommen.«

Phoebe und Piper sahen genauer hin – tatsächlich, der Schlag der Harpyie hatte ein paar Kratzer auf der rechten Schulter der jungen Frau hinterlassen.

»Halb so wild«, winkte Phoebe ab. Im Kampf gegen Dämonen hatte sie schon ganz andere Wunden davongetragen – körperliche und seelische.

»Was macht deine neue Wohnung?«, wollte Piper wissen. Es war schließlich noch nicht allzu lange her, dass Phoebe aus dem Halliwell-Haus ausgezogen war.

»Klasse«, murmelte Phoebe, der das Thema anscheinend etwas unangenehm war. »Und bei euch?«

»Super«, versicherte Piper schnell. »Alles bestens.«

»Bei mir auch«, bestätigte Paige.

»Ist doch schön zu wissen, dass wir auch ohne Wohngemeinschaft der Dämonenwelt das Fürchten lehren können, oder?«, hakte Phoebe nach, denn sie war immer noch unsicher, ob der Auszug die richtige Entscheidung gewesen war.

»Klar doch«, lächelte Paige verkrampft.

»Darf ich fragen, was diese schlecht manikürte Kreatur da eben von uns wollte?«

»Eine Harpyie«, erklärte Piper. »Ist eine untergeordnete Rasse von Dämonen. Sie wollte wohl über unsere Leichen Karriere machen. Die alte Geschichte.«

»Bleibst du zum Abendessen?«, fragte Piper.

Phoebes Gesichtsausdruck wurde schuldbewusst: »Geht nicht. Cole hat ein romantisches Dinner organisiert. Warum?«

»Nichts«, winkte Piper ab. »Ich dachte nur, wir könnten mal wieder reden. So von Schwester zu Schwester.«

Obwohl sie es nicht wollte, machte sie Phoebe ein gewaltig schlechtes Gewissen. Kein Wunder – seitdem

Phoebe mit Cole zusammengezogen war, hatten die Familienbande im Hause der Halliwells sehr gelitten.

Prue war immer diejenige gewesen, die ihnen Halt gegeben hatte. Doch nach ihrem Tod hatte sich vieles verändert. Die Dynamik des Hexentrios war durch den »Beitritt« der Halbschwester Paige völlig anders. Paige war unsicher und unerfahren – und bestimmt kein fester Anker.

»Soll ich dich nach Hause teleportieren?«, fragte Paige wie auf Kommando.

Phoebes Gesichtsausdruck sank nun völlig in sich zusammen: »Lieber nicht. Cole ist nicht gerade begeistert, wenn du ohne Voranmeldung bei uns hereinteleportierst – außer in Notfällen natürlich. Ich nehme lieber ein Taxi.«

Zack! Das hatte gesessen. Paige war stolz auf ihre Kräfte, denn sie hatte es schwer genug, sich gegen die alt eingespielte Freundschaft von Phoebe und Piper durchzusetzen. Die Ablehnung traf sie hart und sie blickte betreten zu Boden: »Ist schon okay.«

Ein paar Sekunden lang herrschte betretene Stille.

»Ich mache mich dann mal auf den Weg«, presste Phoebe schließlich hervor und begab sich zur Haustür.

Als das Schloss klackte, drehte sich Paige zu Piper um: »*Er* mag es nicht, wenn ich unangemeldet hereinteleportiere?«

Es war keine Neuigkeit, dass Paige Cole nicht leiden konnte. Und es war auch keine Überraschung, dass sie ihm nicht vertraute.

Piper hob abwehrend die Hände: »Fang bitte nicht damit an. Vielleicht will er bloß ihre Privatsphäre schützen.«

Dann verließ sie den Raum und ging auf ihr Zimmer.

Paige blieb misstrauisch im Wohnzimmer stehen: »Die Privatsphäre – oder etwas anderes.«

»Ich schütze nur meine Investition«, sagte Cole vorsichtig, während er vor dem Panorama-Fenster des Apartment-Hochhauses stand und die abendliche Aussicht auf die hell erleuchtete Golden Gate Bridge genoss. »Und um das zu tun, muss ich Verluste minimieren, Ressourcen erschließen und Synergien nutzen.«

Er drehte sich um. Auf dem blanken Marmorboden, auf dem normalerweise die Essecke des Apartments stand, befand sich nun ein Konferenztisch, an dem mehrere Teilnehmer dieser geheimen Besprechung saßen.

Einige von ihnen versuchten, ihre dämonische Herkunft zu verheimlichen. Doch es gab genauso viele gut gekleidete »Männer« und »Frauen« wie glatzköpfige Monstren mit Reißzähnen.

Coles attraktive blonde Assistentin Julie goss eine dunkelrote Flüssigkeit in Bleikristall-Gläser. Ganz offensichtlich handelte es sich bei dem Getränk nicht um Rotwein.

»Wir sind die Vertreter verschiedener Fraktionen«, fuhr Cole fort, »und in der Vergangenheit haben wir uns mehr geschadet als den Menschen. Das muss aufhören!«

Ein Grimlock materialisierte und nahm hastig seinen Platz ein.

»Du bist spät dran«, kritisierte Cole.

»Der Verkehr«, murmelte der Dämon sichtlich eingeschüchtert.

Eine Voodoo-Hexe deutet mit langen Fingernägeln auf den Neuankömmling: »Diese Trottel sind doch an allem schuld. Erst letzte Woche hat wieder einer von ihnen versucht, mich umzubringen!«

Der angesprochene, von Kopf bis Fuß graublaue Grimlock sprang auf: »Na und? Komm doch her, wenn du Ärger willst!«

Cole hob die Hände: »Ruhe! Genau das ist es, was ich meine!«

In einer Rauchwolke erschien eine am ganzen Körper bemalte Frau, deren schlanker, in Lederfetzen gehüllter Körper nach Dschungel roch. Schweigend setzte sie sich zu den anderen.

Cole seufzte. Es war nicht leicht, ein Dämon zu sein. »Wo war ich stehen geblieben?«

Keats, der menschlich aussehende Führer der Katij-Dämonen, sah ihn provozierend an: »Du wolltest uns gerade dazu bringen, nett zueinander zu sein.«

Cole ließ sich nicht reizen: »Es ist ein neues Jahrtausend. Wir müssen uns organisieren, um nicht unterzugehen. Der Neue Markt ist zusammengebrochen, die Internet-Blase ist geplatzt – wollen wir die nächsten sein?«

Ein Werwolf, der seine menschliche Form nur mühsam halten konnte, kicherte heiser.

»Ich habe von meiner menschlichen Seite gelernt«, fuhr Cole fort, »nur wenn wir zusammenarbeiten, können wir gemeinsame Ziele erreichen.«

»Und wer soll uns führen?«, fragte Keats genüsslich.

»Ich – solange sich keiner findet, der meine Autorität herausfordert«, zischte Cole und Keats war sofort still.

Ein leises Klingeln kündigte die Ankunft des Fahrstuhls an.

»Das Treffen ist vertagt«, sagt Cole schnell, aber ohne Hast.

In ein, zwei Sekunden lösten sich alle anwesenden Dämonen in Luft auf. Cole war wieder allein. Eine lässige Handbewegung und der Konferenztisch mit allen Gläsern darauf verwandelte sich in einen festlich gedeckten Esstisch samt brennender Kerze.

Phoebe betrat das Apartment und fand den Mann ihrer Träume gelassen neben einem wunderschönen romantischen Dinner stehen.

»Du bist früh dran«, sagte er lächelnd.

Alle Gedanken, die sich Phoebe wegen ihrer Schwestern gemacht hatte, fielen von ihr ab.

Hier, in ihrem gemeinsamen Apartment, gab es keine Sorgen, keine Gefahren.

Hier war sie sicher.

An Coles Seite.

Sie lächelte glücklich.

2

»TATAA!«, RIEF COLE triumphierend und nahm den silbernen Deckel von der Servierplatte. »Vegetarisches Omelett, genau wie du es magst.«

Phoebe blickte unsicher auf die weiße Masse, die vor ihr auf dem Geschirr wabbelte. Trotz der frühen Morgenstunde und der Tatsache, dass die Liebe zu Cole das Abendessen letzte Nacht deutlich verkürzt hatte, empfand sie keinen Hunger. Im Gegenteil.

»Ich glaube, das lass ich lieber«, murmelte sie.

»Was ist los?«, fragte Cole besorgt.

»Magen, Kopfweh, flaues Gefühl«, zählte Phoebe ihre Symptome auf.

»Dann solltest du dich vielleicht krank melden«, sagte Cole, während er seine Krawatte richtete. Er sah wieder einmal exzellent aus.

»Ach was«, winkte Phoebe ab. »In San Francisco sind ständig Beziehungen in Gefahr – da kann ich meine Kolumne doch nicht im Stich lassen.«

Sie war stolz, als sie das sagte. Kein Wunder. Jahrelang waren Prue und Piper die soliden Geldverdienerinnen der Familie gewesen, während sie ihre Zeit mit Flausen zugebracht hatte. Aber seit ein paar Monaten war Phoebe die erfolgreiche Kummerkastentante für alle Menschen in San Francisco, die Liebeskummer hatten.

Auch eine Art, Unschuldigen zu helfen, dachte sie.

Dann kam ihr die Idee, Coles Besorgnis zu nutzen,

um ihn um etwas zu bitten: »Ich möchte gerne meine Schwestern zum Essen einladen. Ist das okay?«

Der Gesichtsausdruck des jungen Staatsanwalts war Antwort genug – es war nicht okay. »Phoebe, wir sind doch gerade erst hier eingezogen.«

»Ja, aber es ist mir wichtig«, quengelte sie weiter. »Wir verbringen zu wenig Zeit miteinander. Und sie sollen nicht denken, dass sie hier nicht willkommen sind.«

Cole mochte ein Dämon sein, aber er hatte gelernt, wann es besser war, nachzugeben: »Na gut. Aber keine Teleportationen. Versprochen?«

»Schon klar«, grinste Phoebe begeistert.

Er nahm sie in den Arm und wollte sie drücken. Dabei entdeckte er die Kratzer auf ihrer Schulter. »Was ist passiert?«

»Nur eine Harpyie«, murmelte Phoebe beiläufig. »Kein Problem.«

»Kein Problem?«, rief Cole aufgebracht. »Du kämpfst gegen eine Harpyie und erzählst mir nichts davon?«

Phoebe trat einen Schritt zurück. Was sollte das denn jetzt? »Es war keine große Sache.«

»Für mich schon!«, schnauzte Cole wütend.

Phoebe sah ihn entgeistert an.

Cole fing sich wieder.

Er nahm sie in den Arm. »Es tut mir Leid. Aber ich würde eben gerne erfahren, wenn meine Frau sich in Lebensgefahr begibt.«

Sein aufrichtiger Charme wirkte sofort und Phoebe entspannte sich: »Du hast ja Recht.«

In diesem Moment platzte die blonde Sekretärin Julie mit einem auffälligen Räuspern herein: »Mr. Turner? Ihr Termin für neun Uhr ist hier.«

Phoebe sah die langbeinige Schlange kritisch an: »Julie – ich wusste gar nicht, dass Sie hier sind.« Sie drehte sich zu ihrem Mann. »Warum wusste ich das nicht?«

Cole wand sich ein wenig: »Mein Büro wird heute gestrichen, darum arbeiten wir im Apartment. Ist das ein Problem?«

Wider besseren Wissens unterstützte Phoebe ihren Gatten: »Nein, ist doch prima.«

Sie küsste ihn mit so viel Leidenschaft, wie sie in Gegenwart seiner Sekretärin aufbringen konnte und wandte sich zum Fahrstuhl. »Fühlen Sie sich wie zu Hause«, sagte sie noch.

Als die silbernen Doppeltüren sich geschlossen hatten, zischte Julie verächtlich: »Das tue ich bereits.« Sie leckte sich über die Lippen. »Hübsche kleine Hexe – wenn man so etwas mag.«

Ohne den Blick vom unangetasteten Frühstück zu nehmen, murmelte Cole: »Ich mag so etwas.«

Julie hielt einen Moment lang den Atem an. Sie hatte gerade ihre Kompetenzen überschritten. So etwas konnte böse Folgen haben.

»Holen Sie mir die Anführerin der Harpyien her«, befahl Cole, »ich möchte ihr erklären, was passiert, wenn man meine Frau angreift.«

Julie zögerte keinen Moment und teleportierte sich aus dieser angespannten Atmosphäre weg. Als mindere Dämonin löste sie sich schlicht in Luft auf – ohne großes Geblitze und Gedonnere.

Cole blieb allein zurück.

Man nannte sie Königin. Aber sie war mehr als das – sie war eine Göttin. Auch wenn man sich unter Dämonen hütete, dieses Wort laut auszusprechen.

Sie lag auf einer Ottomane, umgeben von wunderhübschen, dunkelhäutigen Dienerinnen, die ihr unablässig die Haare kämmten, die Nägel feilten und Leckereien anboten.

Trotz der augenscheinlichen Faulheit war Karima keine übergewichtige Matrone. Selbst ihre Dienerinnen wirkten im Vergleich zu ihr blass und unscheinbar.

In Karima vereinigten sich die erotischen Fantasien sämtlicher Männer. Sie hatte schlanke, glatte Beine, einen schönen, wohlgeformten Busen, der sich an ein mit blutroten Rüschen verziertes Dekolleté presste, und Lippen, die jedes Versprechen halten konnten.

Ihr schwarzes Haar umrahmte ihr bleiches Gesicht und jede ihrer Bewegungen strahlte eine lässige Sinnlichkeit aus, der man sich nicht entziehen konnte. Ihre weiche, vibrierende Stimme klang verführerisch, auch wenn sie nur banale Dinge sagte wie: »Warum sollte ich einen Krieg mit der neuen *Quelle* beginnen, ohne vorher mit ihr gesprochen zu haben?«

Keats fühlte sich in dieser Umgebung sichtlich unwohl. Obwohl selbst ihm als Dämon es schwer fiel, seine Begierde zu zügeln, war diese düstere Dimension, in der überall Fledermäuse von den Decken hingen, nicht nach seinem Geschmack. Vielleicht verbrachte er zu viel Zeit auf der Erde, um diese Geisterbahn-Atmosphäre noch würdigen zu können: »Ein Treffen würde nichts nützen. Er wird dein Exil nicht aufheben. Er weiß von den Dingen, die du getan hast.«

Karimas Stimme hob sich nur wenig: »Das war früher.«

Keats schüttelte mitleidig den Kopf. »Es wird trotzdem nicht helfen. Ich wäre nicht hier, wenn ich mir dessen nicht sicher wäre.«

Jetzt mischte sich Rowan, Karimas Assistent, ein. Der ebenfalls unverschämt gut aussehende junge Mann hielt sich gewöhnlich im Schatten auf, um seiner Herrin das Wort zu überlassen: »Warum willst du lieber für uns als für ihn arbeiten?«

Keats blieb gelassen: »Darum geht es nicht. Ich arbeite nicht für euch – sondern mit euch. Wenn die Sache ausgestanden und die *Quelle* vernichtet ist, trennen sich unsere Wege wieder.«

Karima hatte Keats während seiner Ausführungen gar nicht angesehen, sondern sich ganz auf eine ihrer Dienerinnen konzentriert, der sie sanft über die Wange streichelte. Erst nach einigen Sekunden ließ sie sich zu einer Antwort herab: »Ich werde dich meine Entscheidung wissen lassen – wenn mir danach ist.«

Keats atmete scharf ein, sagte aber nichts. Hier unten hatte Karima die Macht und er musste sich beugen. Einen letzten Blick auf ihren verführerischen Busen werfend, teleportierte er sich davon.

Karima lächelte dünn. Männer! Als Dämonen wie als Menschen waren sie schwach und manipulierbar.

»Setze dich mit der *Quelle* in Verbindung«, befahl sie Rowan, »ich möchte, dass du ihr einen Olivenzweig als Zeichen des Friedens überbringst.«

»Und wenn er ablehnt?«, fragte Rowan.

Karima schien einen Augenblick nachdenken zu müssen. »Dann hat Keats einen neuen Verbündeten – und wir haben einen neuen Feind.«

Rowan nickte und verschwand.

Mit einer lässigen Handbewegung befahl Karima ihren Dienerinnen, sich zurückzuziehen.

Interessant. Nach all den Jahren im Exil hatte sie die Chance, wieder im Machtspiel der Dämonen mitzuwirken.

Interessant.

Gedankenverloren sah Piper aus dem Küchenfenster, während sie ihre Kaffeetasse abtrocknete.

Ihr Ehemann Leo kam herein und warf einen Blick in den Kühlschrank: »Mann, bei der Menge an Resten brauchst du auf Wochen hinaus nicht mehr zu kochen.«

Piper bemerkte ihn kaum und murmelte nur: »Ich koche gern.«

Leo war ein *Wächter des Lichts*, der die Probleme von Menschen wahrnehmen konnte. Er spürte, dass seine Frau sich verlassen und nutzlos vorkam: »Na ja, wenigstens fällt weniger dreckiges Geschirr an.«

Piper stellte die Tasse weg und sah ihn an: »Seit Phoebe und Cole ausgezogen sind, ist es sehr still im Haus. Alle Menschen, mit denen ich aufgewachsen bin, sind weg.«

Leo nahm sie in den Arm: »Keine Sorge – wir beide können für genug Lärm sorgen. Und wenn erst mal Kinder da sind, hast du auch wieder jemanden, dem du beim Aufwachsen zusehen kannst.«

Er sah ihr tief in die Augen und küsste sie leidenschaftlich.

Was intime Momente anging, schienen die Halliwell-Schwestern in diesen Tagen verflucht zu sein, denn wie aufs Stichwort schneite Paige herein.

»Störe ich?«, fragte sie unschuldig, während sie schnurstracks zur Kaffeemaschine ging.

Leo trat einen Schritt von seiner Frau weg. »Ich muss sowieso los. Es hat in letzter Zeit eine starke Zunahme dämonischer Aktivitäten gegeben und der Rat der Ältesten möchte, dass ich mich darum kümmere.«

»Da diese dämonischen Aktivitäten ja auch unser Wohnzimmer verwüstet haben«, sagte Paige, während sie sich den Kaffee eingoss, »vermute ich mal, dass es wieder mit uns zusammenhängt.«

»Ich halte euch auf dem Laufenden«, versprach Leo. Er küsste seine Ehefrau: »Ich liebe dich.«

»Ich dich auch«, lächelte sie.

In dem üblichen blauen Funkenregen löste sich der *Wächter des Lichts* auf.

Einen Moment lang herrschte Stille in der Küche, bis es aus Paige herausplatzte: »Dir geht es nicht gut.«

»Doch, doch«, winkte Piper schwach ab.

»Lügnerin«, konstatierte Paige. Sie drehte die Tasse in den Händen: »Ich bin zwar nicht Phoebe, aber ich bin auch deine Schwester. Du kannst mit mir über alles reden.«

Piper atmete durch. Paige hatte Recht: »Es ist blöd von mir, aber – na ja, meine Periode hat diesmal spät eingesetzt. Nur zwei Tage, aber irgendwie hatte ich mir schon Hoffnungen gemacht.«

Paige sah sie überrascht an: »Aber das ist überhaupt nicht blöd. Du willst doch Kinder, oder?«

»Ja«, antwortete Piper gequält. »Leo und ich versuchen es jetzt schon so lange.«

»Seit ein paar Monaten«, präzisierte Paige.

»Seit vier Monaten«, setzte Piper noch einen drauf. »Nicht, dass ich mitzählen würde.«

Sie seufzte. Die Sache machte ihr offensichtlich schwer zu schaffen.

»Schätzchen, das ist nicht wie Kuchen backen«, stellte Paige fest. »So etwas braucht seine Zeit.«

»Ich weiß«, murmelte Piper und sah wieder aus dem Küchenfenster. »Ich habe nur Angst, dass etwas nicht stimmt. Diese ständigen Kämpfe mit den Dämonen sind einer Schwangerschaft bestimmt nicht förderlich.«

Paige musste grinsen: »Erst einmal halten wir fest, dass du auf jeden Fall Kinder haben wirst. Die Vision, die du gesehen hast, hat es dir schließlich gezeigt. Und zweitens bin ich der lebende Beweis dafür, dass etwas Gutes dabei herauskommt, wenn ein *Wächter des Lichts* und eine Hexe sich zusammentun. Je früher du also aufhörst, dich verrückt zu machen, desto eher machst du mich zur Tante.«

Jetzt musste auch Piper lächeln. Paige hatte völlig Recht: »Danke.«

Paige knuffte ihre Schwester spielerisch in die Seite: »Gern geschehen.«

Es war einer dieser Momente, in denen alles wie früher schien – als Prue noch lebte.

Aus der abgerissenen Klaue der Harpyie tropfte dunkelrotes Blut auf den Esstisch des Apartments. Cole sah das verbrannte Fleisch angewidert an.

»Die Führerin der Harpyien kann leider nicht kommen«, erstattete Julie gelassen Bericht, »die Sache ist etwas aus dem Ruder geraten.«

Cole stieß die Klaue an, sodass die Fingernägel kratzend über das Glas rutschten. »Gute Arbeit.«

»Da ist noch etwas«, sagte Julie. »Die Königin möchte sich an unserer Allianz beteiligen. Rowan ist hier, um für sie zu sprechen.«

»Bringen Sie ihn rein«, antwortete Cole.

Julie nutzte ihre magischen Kräfte, um die Jalousien vor den Panoramafenstern zu senken. Es wurde dunkel im Raum. Dann drehte sie sich herum: »Sie können jetzt sprechen.«

Sie verließ das Zimmer.

Rowan trat aus dem Schatten hervor. »Ich danke für diese Gelegenheit.«

Cole machte es kurz: »Sag deiner Königin, dass sie sich wünschen wird, niemals geboren worden zu sein, wenn sie nur einen Fuß in mein Reich setzt.«

Rowan blieb gelassen, denn er hatte kaum etwas entgegenzusetzen: »Die Königin bietet ...«

Cole unterbrach ihn, während er sich gelassen am Tisch niederließ: »Die Königin hat nichts zu bieten. Ich habe schon genug Dämonen, die gegen mich intrigieren.«

Er deutete auf die Klaue der Harpyie, die sich in einem Flammenblitz auflöste.

»Ihr solltet unser Angebot anhören«, insistierte Rowan, der langsam nervös wurde.

»Du solltest jetzt gehen«, sagte Cole nachdrücklich.

In diesem Moment flackerte und funkelte es bläulich hinter Rowan.

Cole wurde wütend. Er kannte dieses Licht. Wahrscheinlich war es Leo, der *Wächter des Lichts*. Er freute sich schon auf den Tag, an dem er diesem Dummkopf den Garaus machen konnte.

Doch statt Pipers Ehemann materialisierte eine attraktive junge Frau in einem engen Strickoberteil – Paige Halliwell.

»Paige«, keuchte Cole und stand rasch auf.

»Ups«, flötete Paige unschuldig, »ich dachte bloß, ich schau mal rein. Ich störe doch wohl nicht?«

Zumindest Rowan schien von ihrer Anwesenheit nicht gestört, denn er musterte die gut aussehende Frau unverhohlen von oben bis unten.

»Wir sind gerade fertig«, murmelte Cole. Er trat auf Rowan zu und sah ihm direkt in die Augen: »Da hinten ist der Fahrstuhl.«

Er sprach diese Worte sehr deutlich und betont, damit der Diener der Königin nicht auf die Idee kam, durch Teleportation seine Herkunft zu verraten.

Rowan war nicht dumm. Er wusste, warum er den Aufzug nehmen sollte. Und er wusste auch, dass es vielleicht keine schlechte Idee war, sich hinter der Tür zu verstecken, um die folgende Konversation zwischen Cole und Paige belauschen zu können.

»Was zum Teufel sollte das gerade?«, zischte Cole seine Schwägerin an. »Genau wegen solcher Mätzchen will ich euch hier nicht haben!«

»Mätzchen?«, wiederholte Paige. »Nett!«

»Was willst du?«

»Phoebe«, erklärte Paige. »Ich glaube, Piper will mit ihr reden.«

Cole drehte sich gelangweilt ab: »Du hast sie verpasst. Aber warum teleportierst du dich nicht einfach in die Redaktion – ich bin sicher, die Journalisten würden sich über die Schlagzeile freuen.«

»Vergiss es«, winkte Paige ab, die keine Lust hatte, sich mit dem Ekel zu unterhalten.

»Richte ihr einfach aus, dass ich da war.«

Sie drehte sich herum. Erst jetzt fiel ihr etwas auf: »Warum ist es hier am helllichten Tag eigentlich so dunkel?«

»Ich habe Migräne«, knurrte Cole, »und du machst sie noch schlimmer.«

Paige merkte, dass sie hier nicht willkommen war. »Mistkerl«, murmelte sie und stapfte zur Tür.

Vor dem Fahrstuhl traf sie wieder auf den gut aussehenden Fremden, den Cole so harsch abgewiesen hatte. Anscheinend brauchte der Fahrstuhl heute besonders lange ...

Aber mit diesem Zuckerstück eine Kabine teilen zu müssen, war für Paige kein großes Opfer.

Als sich die Doppeltüren des Fahrstuhls schlossen, lehnten sie sich beide an die Rückwand und atmeten genervt die Luft aus.

»Netter Kerl, was?«, eröffnete Rowan das Gespräch.

»Wie bitte?«, fragte Paige, die nicht genau zugehört hatte.

»Cole Turner«, ergänzte Rowan.

»Sind Sie Anwalt?«, wollte Paige wissen.

»Nein. Wieso?«, stotterte der Dämon in Menschengestalt verdattert.

»Nur ein Anwalt würde so etwas über Cole denken«, knurrte Paige.

Jetzt endlich verstand Rowan: »Ach so. Nein, ich meinte das sarkastisch.«

»Was? Dass sie kein Anwalt sind?«, Paige liebte es, Leuten die Worte im Mund herumzudrehen.

»Nein, die Tatsache, dass Cole ein netter Kerl ist.«

Paige grinste – das Eis war gebrochen.

»Ich bin Rowan«, sagte der junge Mann, und streckte ihr die Hand hin.

»Paige«, sagte sie und hielt den Händedruck einen Moment länger, als nötig war.

Rowan hatte kalte Hände. Nicht unangenehm, aber kalt.

»Wie lange können Sie Cole schon nicht leiden?«, fragte Paige.

Er schien einen Moment lang nachzudenken. »Seit … oh, seit ich ihn das erste Mal getroffen habe.«

Sie lachte.

»Und Sie?«

»Erst seit kurzem – er ist mit meiner Schwester verheiratet. Haben Sie auch Geschwister?«

»Oh ja«, antwortete Rowan. »Ich komme aus einer großen Familie.«

»Dann wissen Sie ja wahrscheinlich, wie das ist, wenn man sich dauernd auf die Zunge beißen muss.«

Der Gedanke schien ihm zu gefallen und es dauerte einen Moment, bis er antwortete: »Ja, da weiß ich Bescheid.«

Es gab einen Signalton und der Fahrstuhl hielt an. Trotzdem machten weder Rowan noch Paige Anstalten, auszusteigen.

»Hören Sie«, fing Rowan schließlich an, »ich würde mich gerne weiter mit Ihnen unterhalten, aber ständig mit dem Fahrstuhl rauf und runter zu fahren, schlägt mir auf den Magen. Können wir uns irgendwo treffen?«

Paige dachte nach: »Meiner Schwester gehört ein Nachtclub namens *P3*. Wenn Sie später dort vorbeischauen, werde ich da sein.«

»Gut«, nickte Rowan zufrieden, »dann werden wir uns wiedersehen.«

Paige verließ den Fahrstuhl, Rowan nicht.

»Kommen Sie nicht mit raus?«, fragte sie leicht verwirrt.

»Ich parke im Tiefgeschoss«, antwortete er lächelnd.

Dann setzte er sich eine Sonnenbrille auf.

Die Fahrstuhltüren schlossen sich.

»Bist du sicher?«, fragte die Königin, während eine Dienerin ihr mit einem Schwamm den nackten Rücken wusch.

»Sie ist die Schwester«, wiederholte Rowan. »Also ist sie eine der *Zauberhaften.*«

»Was für eine glückliche Fügung«, murmelte Karima. Sie wandte sich zu Keats, ohne der Tatsache Bedeutung beizumessen, dass sie nackt in ihrer Marmorwanne stand: »Und du sagtest, es wäre sinnlos, sich mit der *Quelle* zu treffen.«

»Er hat euer Angebot doch wie vorausgesagt abgelehnt«, verteidigte sich der Dämon.

»Aber wir sind in den Besitz einer wertvollen Information gekommen«, erklärte Karima. »Wenn es uns gelingt, eine der *Zauberhaften* auf unsere Seite zu bringen, können wir mit ihrer Hilfe die Unterwelt übernehmen, bevor die *Quelle* ihre Kräfte gesammelt hat. Das wäre das Ende von Cole Turner.«

»Sie ist eine Hexe«, wandte Keats ein, »die wechseln nicht einfach so die Seiten.«

»Ich denke, da kann ich helfen«, verkündete Rowan selbstgefällig. »Wenn die Königin es gestattet.«

»Sicher«, schnurrte Karima zufrieden, während ihre Dienerinnen sie in eine seidene Robe kleideten.

Das *P3* war unter der Woche nicht überfüllt. Es gab sogar noch ein paar freie Sitzplätze. Das hatte hauptsächlich damit zu tun, dass an Werktagen keine Livebands spielten. Schlecht fürs Geschäft, aber gut für die Nerven, dachte Piper, während sie neben ihrer Schwester Paige durch den Club ging. »Wo bleibt dein mysteriöser neuer Bekannter?«

Paige blies genervt Luft aus: »Sieht aus, als würde er mich versetzen.«

»Ich bin froh, dass ich nicht mehr zu Dates muss«, verkündete Piper wahrheitsgemäß.

»Typisch«, seufzte Paige, »wie konnte ich auch glauben, ausgerechnet durch Cole einen netten Typen kennen zu lernen?«

Piper nahm ihren Platz hinter dem Tresen ein, während ihre Schwester sich auf einen Barhocker setzte.

»Paige, ich habe nur drei Worte für dich: *Lass gut sein.* Wenn du mit deiner Cole-Phobie so weitermachst, treibst du einen immer größeren Keil zwischen uns und Phoebe.«

Jetzt trat Leo hinzu. »Sie hat Recht.«

»Das sind ja sogar zweimal drei Worte«, grummelte Paige missmutig, senkte aber ihre Stimme, als sie Phoebe durch die Tür treten sah.

Mit Phoebe war das Trio der *Zauberhaften* komplett. Das frisch verheiratete Nesthäkchen sah nicht glücklich aus: »Muss ich zahlen – oder bekommt man als Verwandte die Drinks umsonst?«

Piper sah ihre Schwester überrascht an: »Du siehst nicht gerade gut aus.«

Das war noch untertrieben. Phoebe stand der Schweiß auf der Stirn, sie war blass und ihre Augen hatten einen glasigen Schimmer. »Ich weiß. Ich dachte, es wäre nur ein Virus. Aber mittlerweile fürchte ich, es hat was hier mit zu tun.«

Sie deutete auf die Stelle an ihrer Schulter, die mit Kratzern übersät war.

»Vielleicht verwandelst du dich ja in eine Harpyie«, witzelte Paige und verschluckte sich fast an dem Satz. »Das tust du doch nicht, oder?«

»Na ja, Piper wurde so schon mal ein Wendigo«, murmelte Phoebe unsicher. »Oder war das eine Furie?«

Piper dachte nach: »Oh Mann, ich habe mich schon in so viele Dämonen verwandelt, dass ich den Überblick verloren habe.«

»Keine Sorge«, mischte sich Leo jetzt ein, »ein Kratzer verwandelt dich noch nicht in eine Harpyie.«

»Könntest du dann vielleicht mal deine Heilkräfte spielen lassen?«, bat Phoebe ihren Schwager.

Als *Wächter des Lichts* hatte Leo die Fähigkeit, Verletzungen und Krankheiten durch Handauflegen zu heilen.

Pflichtbewusst fühlte er die Stirn seiner Schwägerin, aber Piper knuffte ihn sofort in die Seite: »Könntest du das vielleicht an einem etwas privateren Ort machen?«

Schließlich befanden sie sich mitten in einem gut gefüllten Nachtclub, da würde ein magisches Licht sicher auffallen.

Leo grinste, wofür ihm diesmal Phoebe eine verpasste. Und weil aller guten Dinge drei sind, ließ sich auch Paige nicht lange bitten.

»Hey«, protestierte Leo gegen diese körperliche Züchtigung, »*Wächter des Lichts* sind mit Sorgfalt zu behandeln!«

Dann trollte er sich und folgte den *Zauberhaften* in das Büro.

Es war keine große Sache – Schulter frei, Hand drauf, gelbes Licht, Kratzer weg.

»Besser?«, fragte Leo.

Phoebe zog die Bluse wieder hoch: »Ich glaube schon.«

»Irgendeine Neuigkeit von den Ältesten, was die Dämonenaktivität angeht?«, fragte Piper ihren Gatten.

»Noch nicht«, antwortete Leo.

»Wieso? Was ist los?«, wollte Phoebe wissen.

»Die Höllendiener machen in letzter Zeit übermäßig viel Rabatz«, erklärte Paige.

»Sollten wir uns darüber Sorgen machen?«, hakte Phoebe nach.

»Nicht vor dem Essen«, verkündete Piper. »Phoebe, bist du dabei?«

Die junge Hexe zuckte mit den Schultern. »Ja klar, warum nicht?«

»Ich gehe nicht mit«, verkündete Paige. »Ich will Rowan nicht über den Weg laufen, falls er doch noch auftaucht. Er soll nicht glauben, dass ich auf ihn gewartet habe.«

»Wie könnte er bloß?«, neckte Piper und verließ das Büro mit ihrem Mann.

Paige hielt Phoebe am Arm fest, als diese sich auch auf den Weg machen wollte: »Phoebe, ich glaube, du solltest mal mit Piper reden.«

»Warum? Ist was nicht in Ordnung?«

»Nein«, winkte Paige ab, »aber ich glaube, da gibt es

etwas, wobei sie deine Unterstützung gebrauchen könnte. Deswegen bin ich auch heute morgen bei euch hereingeplatzt ...«

»Was?«, unterbrach Phoebe sauer. »Du hast dich in unsere Wohnung teleportiert? Obwohl ich dich gebeten hatte, das nicht mehr zu tun? Was denkst du dir dabei?«

»Ich wollte doch nur Piper helfen«, verteidigte sich Paige.

»War Cole sauer?«, wollte Phoebe wissen, obwohl sie die Antwort ahnte.

»Ein bisschen«, sagte Paige zerknirscht. »Ein bisschen viel.«

»Na klasse«, murmelte Phoebe, »einfach perfekt.«

Ohne ein weiteres Wort verließ sie den Raum.

Paige blieb allein zurück. Wie so oft.

Es war nicht einfach, Prue zu ersetzen. Sie kam mit den Eigenarten ihrer Schwestern nicht klar und ihre ständigen Versuche, helfend einzugreifen, endeten meist in einem Desaster.

Paige seufzte und raffte sich auf. Sie verließ das *P3*.

Auf dem betonierten Parkplatz, der vom Neonschild des Nachtclubs nur schwach erleuchtet wurde, bereute sie schon wieder, sich auf die Diskussion mit Phoebe eingelassen zu haben.

Es fiel ihr nicht auf, dass der Parkplatz völlig menschenleer war.

Es fiel ihr auch nicht auf, dass kleine Schatten vor der Silhouette des Mondes vorbeiflatterten.

Erst als sie ein seltsames Zischeln in der Luft hörte, drehte Paige Halliwell sich um.

Zu spät.

Ein ledernes Etwas schlug mit Wucht gegen ihren Arm.

Dann gegen ihr Bein.

Ein winziger Körper klatschte ihr mit seinen Schwingen direkt ins Gesicht.

Die junge Hexe wurde nach hinten auf den Boden geschleudert. Sie fiel so hart, dass sie benommen liegen blieb.

Sie war völlig hilflos.

Ein ganzer Schwarm blutrünstiger kleiner Fledermäuse fiel über sie her. Krallen schlugen sich in ihre Kleidung, pelzige Körper strichen über ihre Haut – und winzige spitze Zähne stachen in ihr Fleisch.

Wie wilde Bienen tanzten die Kreaturen um Paige herum, immer wieder stechend, hackend und beißend.

Vor Paiges Augen flirrte es, bis sie die Schmerzen nicht mehr spürte.

Blut floss aus ihren vielen Wunden, wo es gierig aufgeleckt wurde.

Das Zischeln wurde lauter und fordernder.

Paige Halliwell verlor auf dem Parkplatz des *P3* das Bewusstsein.

3

»DAS MUSS DER SELTSAMSTE FALL SEIN, der Ihnen je untergekommen ist«, ächzte Paige mühsam, während sie versuchte, sich im frisch bezogenen Krankenbett ein wenig bequemer hinzulegen. Ihr tat alles weh und die vielen Kratzer juckten wie die Hölle.

Der junge Assistenzarzt indischer Abstammung lächelte milde, während er ein paar Eintragungen in die Krankenakte machte: »Ach wissen Sie, ich arbeite seit ein paar Jahren in der Nachtschicht, da bekommt man mitunter die wildesten Sachen zu sehen.«

»Glaube ich Ihnen sofort, aber wie oft werden Menschen in San Francisco von Fledermäusen angefallen?«

Der Doktor kam nicht mehr dazu zu antworten, denn drei sehr hektische Gestalten drängelten sich durch die Tür des Krankenzimmers. Es waren Phoebe, Piper und Leo.

»Meine Güte, was ist denn mit dir passiert?«, fragte Phoebe erstaunt. Sie schien völlig fassungslos.

»Fledermäuse – haufenweise Fledermäuse«, antwortete Paige schwach.

»Wird sie wieder?«, wollte Piper von dem Assistenzarzt wissen.

Er klappte die Krankenakte zu und hängte sie an den Haken am Fußende des Betts: »Wenn sie nicht rechtzeitig gefunden worden wäre, hätte sie verbluten können.«

»Aber sie wird wieder gesund?«, hakte Leo nach.

Der Arzt nickte: »Mit ein bisschen Ruhe – sicher. Doch sie braucht noch eine Tetanus-Impfung.«

»Autsch«, murmelte Paige in Erwartung der unangenehmen Injektion.

»Du bist vor der Tür meines Clubs von Fledermäusen attackiert worden?«, fragte Piper nach, der erst jetzt klar wurde, wie absurd das klang. »Das ist doch nicht normal, oder?«

»Aber auch nicht unmöglich«, meinte der Mediziner, »ich habe von einem Kollegen gehört, der letzten Monat in der Vorstadt einen Fledermaus-Biss behandelt hat.«

»Aber es war nicht nur eine Fledermaus«, murmelte Paige, »es waren Dutzende.«

Der Pieper des Arztes ertönte und beendete die Diskussion: »Ich muss los. Ein Notfall. Ich sehe dann später noch mal nach Ihnen.«

Dann verließ er das Zimmer.

Schweigen.

Leo durchbrach die Stille: »Fledermäuse – klingt seltsam, aber nicht unbedingt übernatürlich.«

»Seltsam?«, wiederholte Paige genervt. »Das war nicht bloß seltsam. Ich tippe auf Vampire.«

»Das wäre mal was anderes«, murmelte Piper lakonisch.

»Glaube ich nicht«, widersprach Phoebe kopfschüttelnd. »Soweit ich weiß, attackieren Vampire nur in ihrer menschlichen Form und nicht in solchen Massen. Es wird wohl was anderes sein.«

»Vampire wurden vor ein paar Jahrhunderten aus der Unterwelt verbannt«, erklärte Leo. »Sie gehören nicht mehr zu unserem üblichen Kreis von Dämonen.«

Der Assistenzarzt kam wieder zurück mit einer Krankenschwester im Schlepptau: »Das ist Schwester Nancy. Sie wird Ihnen etwas Blut abnehmen.«

»Kann ich dann nach Hause?«, wollte Paige wissen.

»Es spricht nichts dagegen. Wir machen noch einen Termin für die Tetanus-Impfung und stellen dann ein Rezept für Antibiotika aus.«

Gezielt setzte die Krankenschwester die Spritze an: »Machen Sie bitte eine Faust.«

Paige verzog das Gesicht und blickte zur Seite. Es piekste ziemlich, als die Nadel eindrang. Das Gefühl, den Lebenssaft entzogen zu bekommen, war nicht sehr angenehm.

»Alles okay?«, fragte Leo, der sah, wie seine Schwägerin Phoebe schlagartig bleich wurde.

»Ich darf nur nicht hinsehen«, presste Paige hervor.

»Ich meinte eigentlich ...«, begann Leo und deutete auf Phoebe, die in diesem Moment auch schon leblos in sich zusammensackte.

»Phoebe?«

»Verdammt, wo ist sie bloß?«, murmelte Cole wütend, während er in dem Apartment unruhig herumlief.

Seine Assistentin Julie beschäftigte sich mit ihrem Palm Pilot: »Vielleicht die Grimlocks?!«

Cole blieb stehen: »Wenn die Phoebe angegriffen haben, zerbreche ich ihre Schädel einzeln mit meinen bloßen Händen.«

Julie seufzte. »Und da sage einer, es gäbe keine Romantik mehr. Ich redete eigentlich davon, wem wir trauen können. Grimlocks – ja oder nein?«

Cole atmete einen Augenblick lang durch, versuchte sich zu beruhigen: »Tut mir Leid. Grimlocks? Ja, sicher. Die sind okay. Keats ist der Einzige, um den ich mir Sorgen mache.«

Das Telefon klingelte.

»Das muss sie sein!«

Cole eilte zu dem Apparat

»Hoffen wir's«, murmelte Julie, der die Nervosität ihres Chefs ziemlich auf die Nerven ging.

»Phoebe?«, fragte Cole in den Hörer und war froh, am anderen Ende tatsächlich die Stimme seiner Frau zu hören. Die Verbindung war nicht gut – anscheinend saß Phoebe in einem Auto. »Ich habe versucht, dich anzurufen, aber du bist nicht dran gegangen.«

»Das lag wahrscheinlich daran, dass ich bewusstlos war«, versuchte sie zu scherzen.

»Bewusstlos?«, wiederholte Cole und fühlte Wut in sich aufsteigen. »Hat man dich angegriffen?«

»Nein, nein, Liebling«, beeilte sich Phoebe zu versichern, »ich bin einfach nur ohnmächtig geworden.«

»Man wird nicht einfach so ohnmächtig«, konstatierte Cole. Er machte sich wirklich Sorgen.

»Der Arzt meint, ich hätte mich vielleicht etwas zu sehr verausgabt«, kam es aus dem Hörer. »Und er hat mir Blut abgenommen, um mich auf Anämie zu untersuchen.«

Cole nickte etwas gelassener. »Du solltest Leo mal wegen des Harpyie-Kratzers konsultieren.«

Er mochte Leo nicht, aber wenn es um das Wohl seiner Frau ging, war er sogar bereit, auf die Hilfe eines *Wächters des Lichts* zurückzugreifen.

»Schon passiert«, entgegnete Phoebe. »Alles in Ordnung. Wir haben allerdings ein größeres dämonisches Problem.«

»Und das wäre?«

»Fledermäuse – ein ganzer Schwarm. Sie haben Paige angegriffen.«

»Fledermäuse?«, wiederholte Cole ungläubig und konnte am Gesichtsausdruck seiner Assistentin sehen, dass sie den gleichen Verdacht hegte wie er.

»Ja, aber es scheint halbwegs in Ordnung zu sein. Leo wird sich darum kümmern, wenn wir zu Hause sind. Kommst du auch?«

Cole brauchte eine Sekunde, bevor er antwortete: »Phoebe, ich bin zu Hause.«

Es tat Phoebe Leid, dass sie in Stresssituationen immer noch vergaß, wo sie inzwischen lebte: »Natürlich, Liebling. Ich meinte Halliwell-Manor. Sehe ich dich dort?«

»Ich bin unterwegs«, antwortete Cole knapp und legte auf.

Julie trat auf ihn zu: »Denken Sie, Rowan steckt dahinter?«

Cole nickte missmutig. »Er hat wahrscheinlich versucht, sie zu verwandeln.«

»Das müssen wir verhindern!«, rief Julie ungewöhnlich emotional. »Wenn sie eine *Zauberhafte* auf ihre Seite bekommen, werden sie zu stark werden.«

»Glauben Sie denn, das weiß ich nicht?«, herrschte Cole sie an. »Rufen Sie die Führer der anderen Gruppierungen zusammen. Wenn die Königin einen Krieg will, kann sie einen bekommen!«

Er drehte sich um und schritt eilig auf den Ausgang zu.

»Wohin gehen Sie?«, wollte Julie wissen.

Cole machte eine abweisende Handbewegung: »Ich muss zu den Halliwells – Paige helfen.«

Die Worte kamen ihm nicht leicht über die Lippen.

Es war fast wieder wie in alten Zeiten. Die drei Hexenschwestern aus dem Geschlecht der Halliwells standen auf dem Dachboden ihres Hauses und blätterten im *Buch der Schatten*, um eine Lösung für ihr Problem zu finden.

»Schlangendämon?«, stellte Piper in den Raum.

»Beißt – fliegt aber nicht«, winkte Phoebe ab.

»Phönix?«

»Fliegt – beißt aber nicht.«

Triumphierend deutete Piper auf einen weiteren Eintrag: »Ha! Chupacabra!«

»Gesundheit!«, scherzte Phoebe lachend. »Ohne Flax – ein Chupacabra fliegt und beißt – aber nur Tiere.«

»Wie sieht es mit Gestaltenumwandlern aus?«, wollte Leo wissen.

»Das ist doch Zeitverschwendung!«, mischte sich Paige ein, die sich in einem der weichen Sessel niedergelassen hatte. »Es geht mir gut. Lassen wir die Sache ruhen!«

So leicht wollte es sich Piper nicht machen: »Geh ruhig schlafen. Wir wecken dich, falls wir was finden.«

»Okay!«, rief Paige und warf genervt die Arme in die Luft. »Ich hau mich hin.«

Sie stapfte aus der Tür.

»Wow, die ist aber schlecht drauf«, stellte Phoebe fest.

»Sie hat einiges durchgemacht«, gab Leo zu bedenken.

»Kannst du uns nicht helfen, den Kreis der Verdächtigen etwas einzuschränken?«, wollte Phoebe wissen.

Leo zuckte mit den Schultern: »Jetzt, wo jede Dämonenart in der Stadt zu sein scheint, wird das schwierig.«

Der Punkt erregte Phoebes Interesse: »Wie kommt das eigentlich? Haben die hier so etwas wie eine Tagung?«

»Klar«, bestätigte Piper grinsend, »es ist Wahlkampf. Die Kandidaten stehen bereit und bald wird die neue *Quelle* gewählt.«

Phoebe lachte.

Leo nicht.

Auch Piper entglitten die Gesichtszüge.

Phoebe fing sich wieder: »Meinst du wirklich?«

»Ich weiß nicht«, murmelte Piper, »aber es muss doch jemanden geben, der die ganzen Dämonen-Gruppierungen nach San Francisco gerufen hat. Und das bedeutet ...«

»... dass das Böse einen neuen Anführer hat«, vollendete Leo den Satz.

In diesem Moment stürmte Cole durch die Tür zum Dachboden. »Phoebe, Liebling, ich bin so schnell gekommen, wie ich konnte.«

Sie fiel ihm in die Arme, glücklich, wieder in seiner Nähe zu sein. »Es geht mir gut, mach dir nicht zu viele Sorgen.«

»Wie geht es Paige?«, wollte Cole wissen.

»Sie schläft«, erklärte Leo. »Ich habe sie geheilt.«

»Bist du sicher?«, hakte Cole nach.

»Natürlich«, hielt Leo dagegen. »Wieso?«

»Hast du eine Ahnung, womit wir es zu tun haben?«, fragte Piper.

Cole wog einen Moment lang ab, ob er sein Wissen teilen sollte, dann entschied er sich dafür: »Fledermäuse sind eine Sache – Vampire eine andere.«

Phoebe schüttelte den Kopf: »Vampire sind es nicht, das haben wir schon geklärt. Die gehen anders vor.«

Cole sah seine Frau streng an: »Hast du schon jemals einen Vampir gesehen?«

»Nein«, gab Phoebe zu, »aber ich habe eine Menge über sie gelesen.«

»Ich hatte schon häufiger mit ihnen zu tun«, sagte Cole. »Du kannst mir mehr vertrauen als Anne Rice.«

»Er könnte Recht haben«, murmelte Piper, die bereits wieder im *Buch der Schatten* blätterte.

Phoebe hakte nach: »Du hattest mit Vampiren zu tun? Als Dämon? Wieso? Ich dachte, Vampire wären die Ausgestoßenen.«

»Ich war nicht immer wählerisch, was meinen Umgang anging«, gab Cole freimütig zu. »Es war mir ziemlich egal, dass man sie verstoßen hatte, weil sie die *Quelle* an ihre Feinde verraten hatten.«

Leo ließ nicht locker: »Aber warum sollten die Vampire es auf eine *Zauberhafte* abgesehen haben?«

»Es geht vermutlich um einen Machtkampf in der Unterwelt«, erläuterte Cole. »Vielleicht wollen die Vampire die Macht übernehmen.«

»Und dafür müssen sie eine *Zauberhafte* töten?«, fragte Phoebe.

»Nein«, antwortete Cole gelassen, »sie müssen aus einer *Zauberhaften* eine Vampirin machen.«

Piper blieb fast das Herz stehen und auch Phoebe konnte man ansehen, dass diese Antwort sie schockierte.

»Paige?«, rief Piper besorgt in Richtung Tür.

Gemeinsam machte sich das Quartett auf den Weg zu Paiges Zimmer.

Es lag in völliger Dunkelheit.

Nur ein Fenster stand auf und der Nachtwind wehte durch die Gardinen. In der Ferne konnte man die Lichter der Innenstadt sehen.

»Paige?«, flüsterte Phoebe in den Raum.

Cole war weniger vorsichtig. Er betätigte kurzerhand den Lichtschalter.

Glücklicherweise gab es nur eine 40-Watt-Birne im Leuchter an der Decke, aber dies reichte trotzdem aus, um zu erkennen, dass das Bett leer war.

Unsicher bewegten sich Piper, Phoebe, Leo und Cole durch den Raum. Phoebe warf einen Blick aus dem Fenster. War Paige etwa geflohen?

Das ergab keinen Sinn!

Piper drehte sich gedankenverloren um. Dabei fiel ihr Blick auf einen ungewöhnlichen, länglichen Schatten direkt unter dem Gebälk der hohen Decke.

Sie hatte ihre Schwester gefunden.

Paige hing an dem Querbalken, der die Zimmerdecke trug.

Mit dem Kopf nach unten.

Wie eine ... Fledermaus!

Ein kurzer Schrei entfuhr Pipers Mund.

»Verdammt!«, knurrte Cole.

»Paige!«, rief Phoebe entsetzt.

Paige schlug die Augen auf. Im selben Moment streckte sie ihre Beine aus und fiel nach unten.

Keiner hatte Zeit, zu reagieren. Aber das war auch gar nicht nötig. Bevor Paige auf den Holzboden aufschlagen konnte, verwandelte sich ihr Körper blitzschnell in den einer Fledermaus. Sie breitete ihre Schwingen aus und fing den Sturz kurz vor dem Aufprall ab.

Mit zwei, drei schnellen Schlägen war sie aus dem Fenster hinaus und von der Nacht verschluckt.

Niemand sprach.

Niemand rührte sich.

Ob Dämon, ob Hexe oder *Wächter des Lichts*, alle Beteiligten hatten Mühe, das Gesehene zu verarbeiten.

Paige, die *Zauberhafte* im Dienste des Guten, Beschützerin der Unschuldigen – verloren an die Vampire.

4

ALLES, WAS PIPER IM HAUS HATTE auftreiben können, schüttete sie aus dem kleinen Baumwollbeutel direkt neben das *Buch der Schatten* auf den Dachboden.

Die junge Hexe kam sich vor wie in einer Folge von »Buffy, die Vampirjägerin« – ein Holzkreuz, Holzpflöcke, Madonnenbildchen und jede Menge Knoblauch lagen vor ihr.

Der Knoblauch war am einfachsten zu beschaffen gewesen, denn den benutzte sie schließlich ständig zum Kochen.

Phoebe schaute sich das Sammelsurium an: »Was ist mit Weihwasser?«

»Darum kümmere ich mich«, erklärte Leo.

»Weihwasser«, knurrte Cole, der bei dem Gedanken daran nicht sehr glücklich schien, »das hilft vielleicht, Paige aufzuhalten. Aber um sie zurückzuverwandeln, ist es wertlos.«

»Daran arbeite ich bereits«, erklärte Piper. Sie zeigte auf eine Stelle im *Buch der Schatten.* »Nach dem, was hier steht, muss man die Königin der Vampire vernichten, um alle ihre untergeordneten ›Klein-Vampire‹ ebenfalls zu erwischen.«

»Wirklich?«, rief Cole verdächtig begeistert. »Das ist ja praktisch.«

»Aber das würde Paige doch auch vernichten«, gab Phoebe zu bedenken.

Piper schüttelte den Kopf: »Nur, wenn sie schon jemanden gebissen hat. Hier steht, dass die Verwandlung in einen Vampir erst dann vollständig abgeschlossen ist, wenn er das erste Mal Blut vergossen hat.«

»Gut, dann müssen wir die Königin also schnellstens finden und töten«, meinte Phoebe bestimmt. »Wie packen wir es an?«

»Der Schlüssel ist die Macht der Drei«, las Piper weiter.

Phoebe warf entnervt die Arme in die Luft: »Klar! Warum sollte es auch mal einfach sein?«

Es war wirklich eine verfahrene Situation. Um Paige zu befreien, mussten die Schwestern als Trio arbeiten – aber genau das war zur Zeit nicht möglich.

»Es kommt noch schlimmer«, mahnte Piper. »Vampire sind immun gegen Hexenkräfte.«

Phoebe ließ sich in einen Sessel fallen. Das wurde ja immer besser!

»Ich hole das Weihwasser und informiere den *Rat der Ältesten* über die neue *Quelle*«, erklärte Leo und verschwand.

»Es gibt eine neue *Quelle*?«, fragte Cole betont unschuldig.

Phoebe nickte: »Das glauben wir zumindest.«

»Irgendeine Ahnung, wer es sein könnte?«

Sie schüttelte den Kopf.

»Wir sollten uns jetzt erst mal darauf konzentrieren, Paige zu finden«, unterbrach Piper. »Wenn du eine Untote wärst – wo würdest du dich aufhalten?«

Phoebe brauchte nicht lange nachzudenken: »Friedhof.«

Sie schnappte sich ein Kreuz und ein paar Knoblauchzehen. Piper tat es ihr nach und wollte sich gerade auf den Weg machen, als Cole seine Frau aufhielt: »Phoebe! Ich ... ich möchte nicht, dass du das machst.«

»Wie bitte?«

»Es ist gefährlich. Was, wenn du wieder ohnmächtig wirst?«

Sie lächelte ihn an: »Das wird schon nicht passieren.«

»Und wenn doch? Im Krankenhaus geht das ja noch – aber inmitten einer Vampirattacke?« Er druckste herum. »Ich will dich nicht verlieren.«

Phoebe fühlte sich geschmeichelt, aber hier ging es um mehr: »Und ich will Paige nicht verlieren.«

»Moment mal«, mischte sich Piper ein, »hast du nicht eben selbst gesagt, dass wir Paige retten müssen?«

Cole wand sich: »Ja, aber da kannte ich noch nicht alle Fakten. Ihr braucht die Macht der Drei – und da wird Paige wohl kaum mitspielen.«

Piper hatte das Gefühl, im falschen Film zu sein: »Und deshalb sollen wir sie für immer als Vampirin umherirren lassen?«

Cole schwieg betreten.

Jetzt war es an Phoebe, ein Machtwort zu sprechen: »Cole, nichts wird jemals etwas daran ändern, dass Paige meine Schwester ist. Nicht die Tatsache, dass ich krank bin – oder die Tatsache, dass wir jetzt verheiratet sind.«

Sie drehte sich demonstrativ um und verließ den Dachboden.

Piper nahm sich noch eine Sekunde Zeit, um ihrem Schwager einen giftigen Blick zuzuwerfen. Dann machte sie sich ebenfalls auf den Weg.

Keine der beiden *Zauberhaften* bekam mit, wie sich

Cole mit grimmigem Blick in einen Feuerball verwandelte.

Das Teleportieren war ein Leichtes für Cole. Er materialisierte genau vor seinem Stuhl am Konferenztisch in seinem Apartment.

Alle Führer der anderen Dämonen-Gruppierungen waren bereits da – vollzählig und pünktlich.

Cole kam ohne Umschweife zur Sache: »Die Vampire versuchen, die Schwester meiner Frau zu verwandeln. Sie ist eine *Zauberhafte*. Das betrachte ich als Kriegserklärung.«

»Moment mal«, wandte Keats ein, »ist das nicht ein bisschen voreilig? Vielleicht handelt es sich dabei nur um ein Missverständnis.«

Coles Stimme nahm einen gefährlichen Unterton an: »Ich verstehe das genau richtig. Und deshalb erwarte ich, dass ihr alle Vampire vernichtet. Ohne Ausnahme.«

Der glatzköpfige blauhäutige Grimlock hob wie in der Schule die Hand: »Aber die vermehren sich wie Karnickel. Das werden wir kaum schaffen.«

»Wir müssen die Königin töten«, verkündete Cole, »dann sterben die anderen ebenfalls.«

»Davon habe ich noch nie gehört«, spottete Keats, »wo hast du das denn her?«

Cole ging gar nicht darauf ein. Stattdessen brannte in seinen Pupillen auf einmal das Feuer der Hölle: »Willst du meine Autorität in Frage stellen?«

Keats hatte es überreizt und das wusste er: »Nein, natürlich nicht.«

Cole richtete sich wieder auf: »Schickt eure Kreaturen

in die Nacht hinaus. Sie sollen die Vampire jagen und foltern, bis einer von ihnen das Versteck der Königin preisgibt. Aber seid vorsichtig – meine Frau ist ebenfalls unterwegs. Wer auch nur eine Klaue an sie legt, wird es mit mir zu tun bekommen.«

Die Dämonenführer nickten zustimmend und verschwanden. Nur Keats blieb übrig. Er warf Cole einen undefinierbaren Blick zu, dann löste auch er sich auf.

Cole ließ sich auf seinen Stuhl fallen. Die Führung der Dämonen war schwierig und zehrte an seinen Kräften.

Julie trat neben ihn: »Was ist mit der Schwester? Soll sie mit den anderen Vampiren vernichtet werden? Das würde die *Zauberhaften* ein für alle Mal zerstören.«

Cole neigte müde den Kopf: »Phoebe wäre am Boden zerstört.«

Julie wollte etwas dagegen halten, als Cole den Gedanken beendete: »Aber ich nicht.«

Der Mann schrie noch ein paar Sekunden, während ihm der Lebenssaft aus der Halsschlagader gesogen wurde. Sein zuckender Körper erschlaffte.

Die Königin genoss die Wärme des Blutes, das ihre Kehle hinunterfloss. Frische Ware war einfach das Beste.

Doch dann stutzte sie.

Igitt! Der Typ war Raucher gewesen! Und nicht etwa Zigarre oder Pfeife, sondern billige selbstgedrehte Stummel! Sein Blut schmeckte nach Nikotin und Teer.

Sie verzog das Gesicht und stieß die Leiche von sich, als sie hinter sich Rowan bemerkte, der aus dem Schatten hervortrat.

»Entschuldigung, meine Königin«, sagte der fleißige Assistent, »ich möchte nicht beim Essen stören.«

»War sowieso keine Delikatesse«, knurrte Karima, und wischte sich mit dem seidenen Morgenmantel den Mund ab. »Hast du sie mitgebracht?«

»Aber sicher«, grinste Rowan.

Nun trat Paige aus dem Dunkel. Ihr Gesicht war bleich, ihre Lippen fast blau. Ihre Augen hatten einen leblosen, kalten Ausdruck.

»Perfekt«, murmelte Karima, »sie wird gut zu uns passen.«

Sie streichelte ihrem Assistenten beiläufig mit der Hand über das Gesicht. Dann strich sie wie eine Katze um den Körper der jungen Hexe. »Hast du Hunger?«

Paige schien einen Moment lang in sich hinein zu horchen: »Ich vergehe fast daran.«

Es war eine Gier, die sie noch nie gespürt hatte. Nicht nur nach Nahrung – nach Leben, nach Energie, nach Blut.

Zwei Dienerinnen eilten herbei und legten Paige ein feuerrotes Cape um die Schultern.

»Ich habe zwei exquisite Opfer ausgewählt«, verkündete Karima.

»Alles für meine Königin«, flüsterte Paige heiser.

»Du wirst nach Hause zurückkehren und das Blut deiner Schwestern trinken.« Die Vampir-Königin lächelte dünn. »Es wird dir schmecken.«

»Brillant«, murmelte Rowan, »dann wird die Macht der Drei auf unserer Seite sein. Die *Quelle* wird keine Chance mehr haben.«

Karima sah, wie Paiges Körper erzitterte und sich zu wehren schien: »Was ist, meine Kleine?«

Paige kämpfte mit den Worten: »Meine Schwestern ... sie werden sich nicht freiwillig in unsere Hände begeben. Und sie sind stark. Ich weiß nicht, ob ich es alleine schaffen kann.«

Karima strich ihr sanft über die Haare: »Liebling, das musst du auch nicht! Sieh dich um – in dieser Dimension sind wir alle gleich. Wir sind eine Familie. Und alle Mitglieder der Familie helfen einander.«

Dankbar sank Paige auf die Knie und drückte ihren Kopf gegen den Körper der Königin.

Sie brauchte keine Angst zu haben.

»Was willst du hier?«, fragte der Vampir wütend, als Keats im alten Lagerhaus aus den Schatten trat. »Ich will nicht mit dir gesehen werden.«

»Du musst deiner Königin eine Nachricht bringen«, knurrte der Dämon.

»Warum ich? Warum tust du es nicht selbst?« Der Blutsauger war sichtlich nervös.

»Ich werde vielleicht verfolgt«, entgegnete Keats. »Die *Quelle* will ...«

»Die *Quelle* will was?«, schallte es plötzlich vom Rolltor der Halle her.

Es war Cole!

Der Vampir erfasste die Situation mit einem Blick, verwandelte sich in eine Fledermaus und flog zum Oberlicht.

Aber er kam nicht weit. Aus der Hüfte schoss Cole einen Feuerball ab, der die Fledermaus in fünf Metern Höhe einholte und grillte.

Cole und Keats waren allein.

Der Katij-Dämon versuchte sich zu verteidigen. Er

warf einen blauen Energieblitz, der im Normalfall ausreichte, um ein Dutzend Menschen zu töten.

Doch Cole war kein Mensch. Er fing den Blitz auf und zerquetschte ihn in seiner Hand.

»Wo ist die Königin?«, schnauzte Cole den Dämonen an.

Keats zitterte, aber er versuchte, halbwegs mutig zu erscheinen: »Du kannst mich vernichten, aber ich werde nichts sagen.«

Cole lächelte überlegen: »Vernichten? Glaubst du wirklich, das ist das Schlimmste, was ich dir antun kann?«

Er machte eine müde Handbewegung – und plötzlich stand Keats in Flammen! Es waren nicht Flammen, die seinen Körper verbrannten – es waren Flammen, die seine schwarze Seele rösteten. Wenn Cole es wollte, konnte das ewig so weiter gehen.

Keats schrie, wand sich, warf sich hin und her, aber das Feuer war nicht zu löschen. Nach einer Weile sah er Cole flehend an.

Ebenso lässig, wie er die Flammen erzeugt hatte, ließ Cole sie wieder vergehen: »Und jetzt nochmal: Wo ist die Königin der Vampire?«

Keats wusste, dass er keine Wahl hatte.

Er musste es sagen.

Wütend stapfte Paige in den Flur im Obergeschoss auf die breite Holztreppe zu. »Sie sind nicht da.«

Rowan stand am Fuß der Treppe und sah sie an. Das aus zwei gedrehten Tüchern bestehende scharlachrote Oberteil stand der jungen Vampirin wirklich gut. »Wahrscheinlich sind sie auf der Suche nach dir.«

Paige kam die Treppe herunter. »Schade. Ich wollte die Sache schnell hinter mich bringen.«

Rowan schüttelte bedächtig den Kopf: »Sachte. Man ist nur einmal unverdorben vom Blut anderer.«

Er lächelte.

Sie sah es.

»Warum lächelst du?«

»Ich dachte gerade an mein erstes Mal.«

»Erzähl mir davon«, bat sie.

Er begann, mit langsamen Schritten durch das Halliwell-Haus zu gehen, während er erzählte: »Es war besser, als du es dir jemals vorstellen kannst. Die Gefahr, die Aufregung. Das warme Gefühl, wenn es vorbei ist. Unbeschreiblich.«

Sie trat nahe an ihn heran. »Wie viele hattest du?«

Er sah sie überrascht an: »Ich zähle sie nicht. Die Gesichter sind austauschbar, sie verblassen mit der Zeit. Nur der Geschmack bleibt.«

»Und ich?«, fragte sie ihn provokant, während sie ihre Schultern durchdrückte, um ihre Figur zur Geltung zu bringen. »Fast Food?«

Er grinste: »Bestimmt nicht.«

Langsam ging er um sie herum, legte seine Hände auf ihre Schultern: »Entspann dich. Du bist jetzt eine Jägerin. Du hast den Instinkt, deine Beute zu finden.«

»Das verstehe ich nicht«, antwortete Paige.

»Du wirst es verstehen«, flüsterte Rowan, »schließe deine Augen. Konzentriere dich.«

Paige tat es und spürte die Schwärze, die in ihr war. In dieser Schwärze pulsierten dunkelrote Flecken. »Ich nehme sie wahr«, verkündigte sie.

Rowan lächelte: »Gut. Du bist ein Naturtalent.«

Paige öffnete die Augen: »Sag der Königin, dass sie bald Gesellschaft haben wird.«

Mit entschlossenen Schritten machte sie sich auf den Weg.

Rowan sah ihr nach.

Diese Paige war eine perfekte Vampirin, vergleichbar nur noch mit Karima selbst.

Der Grimlock hatte jetzt langsam die Nase voll. Diese Hexen-Schwestern waren wirklich hartnäckig! Er hatte gehofft, ihnen zu Fuß entkommen zu können, aber selbst auf dem dunklen Friedhof war es ihm nicht gelungen, die Halliwells abzuschütteln.

Also entschied er sich, es auf die elegantere Art zu versuchen – und löste sich in Luft auf.

Phoebe und Piper, mit Kreuzen und Holzpflöcken bewaffnet, standen da wie begossene Pudel – nicht zum ersten Mal in dieser Nacht.

»Was soll das?«, rief Piper entnervt. »Das ist jetzt schon der vierte!«

»Sobald wir kommen, machen sich die Dämonen aus dem Staub«, stellte Phoebe fest. »Das kann doch nicht normal sein. Im Fernsehen stellen sich die Kreaturen immer bereitwillig zum Duell, um dann auch brav bei der ersten Berührung des Holzpflocks zu zerfallen.«

»Wissen die denn nicht, dass wir die *Quelle* getötet haben?«, rief Piper verzweifelt.

»Die alte *Quelle*«, gab Phoebe zu bedenken.

»Danke, dass du mich daran erinnerst«, erwiderte Piper. »Komm weiter.«

Doch Phoebe verzog plötzlich das Gesicht und stützte

sich auf einem Grabstein ab. »Moment«, ächzte sie, »ich hab's gleich.«

»Phoebe, alles klar?«, fragte Piper besorgt.

Die jüngere Halliwell-Schwester atmete tief durch. »Geht schon. Nur ein bisschen schwindelig. Schwanken die Grabsteine oder bin ich das?«

Piper stemmte die Fäuste in die Hüften: »Phoebe, das ist nicht komisch. Vielleicht bist du nicht bloß überarbeitet. Vielleicht bist du – schwanger!«

Sie hatte den Verdacht schon seit ein paar Stunden und war jetzt froh, es ausgesprochen zu haben.

Phoebe lachte gallig: »Das ist wirklich komisch.« Dann wurde sie ernst. »Piper, auf die Idee bin ich auch schon gekommen. Ich habe in der Apotheke einen Test gekauft, die Anleitung befolgt ...«

»Und?«, fragte Piper neugierig.

»Nichts. Negativ. Nicht schwanger.«

Piper schwieg eine Sekunde lang, dann brach es aus ihr heraus: »Ich auch nicht.«

Phoebe sah ihre Schwester überrascht an: »Du hast auch gedacht, du wärst ...?«

»Ungefähr eine Minute lang«, gab Piper zu.

Sie sahen sich an.

Es war eine schwierige Situation. Phoebe wusste, dass ein Kind mit Cole unvorhersehbare Folgen haben würde. Aber Piper? Sie hoffte so sehr, mit Leo eine Familie gründen zu können.

»Schätzchen, es tut mir Leid«, sagte Phoebe schließlich.

Piper winkte ab: »Keine große Sache.«

Dabei wollte es Phoebe nicht belassen: »Doch, natürlich ist es eine große Sache. Wolltest du darüber mit mir reden?«

Pipers Schweigen war Antwort genug.

Phoebe war zerknirscht: »Es tut mir so Leid. Ich hatte ja keine Ahnung …«

»Schon in Ordnung.«

Aber Phoebe war klar geworden, dass sie die Pflichten einer Schwester vernachlässigt hatte. »Ist es nicht. Ich habe das Haus verlassen, aber nicht die Familie. Ich will doch weiterhin ein Teil von euch sein!«

»Bist du da sicher?«, fragte Piper halb im Scherz.

Phoebe streckte ihr die Zunge raus und streckte dann die Arme aus: »Komm sofort her.«

Sie umarmten sich eine halbe Ewigkeit lang.

Erst als sie das Zischeln in der Luft hörten, ließen sie einander los.

Der Schatten einer Fledermaus zeigte sich vor der Silhouette des Mondes. Dann landete sie auf einem mächtigen Grabstein, nur um sich einen Herzschlag später in Paige zu verwandeln.

»Ohhhh«, flötete die Hexen-Vampirin in ihrem verboten aufreizenden Kleidchen, »bekomme ich keine Umarmung?«

»Wie hast du uns gefunden?«, fragte Piper vorsichtig.

Paige hüpfte von dem Grabstein herunter. »Wir haben dasselbe Blut. Ich konnte euch riechen.«

Sie kam näher und Piper hob die Hand: »Hör zu – wir fahren nach Hause. Dort werden wir eine Möglichkeit finden, dich wieder zurückzuverwandeln.«

Paige schien einen Moment lang darüber nachzudenken, dann schüttelte sie gelangweilt den Kopf: »Nein.«

Mit einem schnellen Griff packte sie Piper und warf sie zehn Meter weit durch die Luft. Die junge Hexe krachte schmerzhaft gegen ein Mausoleum und rutschte zu Boden.

Jetzt brachte sich Phoebe in Stellung. Sie streckte ihrer Schwester das Kreuz entgegen. Paige reagierte mit einem Roundhouse-Kick und schleuderte das Holzrelikt weit weg.

Verdammt, dachte Phoebe, das habe ich ihr selbst beigebracht.

Angesichts ihrer Hilflosigkeit ging sie nun zu den Tricks über, die sie im Karatekurs gelernt hatte. High Kicks, Schwinger, Blocks, Fußwischer - nichts funktionierte. Paige parierte jeden Schlag perfekt. Sie war nicht nur eine Hexe, sie war auch eine Vampirin. Das machte sie doppelt so stark - und doppelt so gefährlich!

Mehrere Minuten lang kämpften die beiden Frauen miteinander, aber keine von ihnen gewann die Oberhand.

Doch dann gelang es Paige, Phoebes Faust mitten in der Luft abzufangen und umzudrehen. Schmerzerfüllt schrie Phoebe auf. Sie drehte sich in der Bewegung und verlor dabei ihre Deckung.

Paige nutzte die Lücke.

Ein sauber platzierter, harter Schlag brachte Phoebe zu Fall.

Paige beugte sich über ihre Schwester und öffnete den Mund. Wie von selbst schoben sich die Vampirzähne aus ihrem Kiefer.

»Jetzt wirst du sehen, was der Begriff Blutsbande wirklich bedeutet«, hechelte sie gierig.

Ihre spitzen Zähne waren schon an der Haut der bewusstlosen Schwester, als sich Leo neben ihr materialisierte. In der Hand hielt er ein kleines Fläschchen, aus dem er geistesgegenwärtig einige Spritzer auf Paiges Rücken goss.

Mit einem schrillen Schrei fuhr die Vampirin auf. Sie sah den neuen Gegner, seine Waffe – und Piper, die jetzt ebenfalls herbeistolperte.

»Wir wollen dir doch nur helfen«, krächzte Piper unsicher.

»Dazu müsst ihr mich aber erst mal kriegen«, zischte Paige wütend, verwandelte sich in eine Fledermaus und flatterte davon.

Leo half Phoebe auf die Beine und auch seine Frau hakte sich bei ihm unter.

»Hinterher«, orderte Phoebe.

Leo nickte. Er teleportierte sich und die beiden *Zauberhaften* hinter der Vampir-Fledermaus her. Seine Kräfte ermöglichten es ihm, ihrer schwarzen Spur an jeden beliebigen Ort zu folgen.

Als das bläuliche Flackern vor ihren Augen nachließ, befanden sich Leo, Phoebe und Piper in einer Art Grotte oder Höhle.

»Ich kann nichts sehen«, stellte Phoebe nüchtern fest, »wo sind wir?«

»Warte«, sagte Piper und stellte die Taschenlampe an, die an ihrem Gürtel hing.

Sie leuchtete ein wenig herum. Vor ihnen im Fels befand sich ein Gang, hinter und neben ihnen war nur blanker Stein. Nach oben schien es weiterzugehen. Als Piper den Lichtstrahl gegen die Decke richtete, hörten sie ein aufgeregtes Kreischen.

Dutzende, nein Hunderte von Fledermäusen flatterten

verstört auf und verwandelten sich in eine flirrende schwarze Wolke.

»Welche davon ist wohl Paige?«, fragte Leo unsicher.

»Woher soll ich das wissen?«, hielt Piper dagegen.

Doch die Frage beantwortete sich von selbst.

Paige trat aus dem Gang vor ihnen auf sie zu. Neben ihr stand Rowan, der Mann, der sie zur Vampirin gemacht hatte.

Zwischen ihnen in gemessenem Abstand ging eine Frau, deren Bewegungen Stolz und Autorität ausdrückten. Ihre Füße verursachten kein einziges Geräusch auf dem kalten Steinboden.

»Sieh an«, sagte Karima erfreut, aber gelassen. »Da seid ihr ja endlich.«

5

PIPER WAR DIE ERSTE, die ihre Sprache wiederfand. Sie trat den Vampiren mutig entgegen: »Wenn ich auch nur einen Eckzahn sehe, gibt's eine Weihwasser-Dusche und einen Pflock zwischen die Augen.«

Karima blieb ruhig: »Ihr würdet damit doch nur das Unausweichliche hinauszögern. Warum können wir uns nicht ohne einen Kampf einigen?«

Phoebe hörte sich den Unsinn gar nicht erst an. »Paige, du bist unsere Schwester und solange du niemanden gebissen hast, ist es noch nicht zu spät.«

»Wir bieten euch die Unsterblichkeit«, fuhr Karima ungerührt fort, »eine Ewigkeit als Schwestern. Ist das nicht dem Tod vorzuziehen?«

Piper legte den Kopf schräg. »Sind das unsere einzigen Optionen? Ich würde es lieber mit einer anderen Variante versuchen. Wie wär's damit: Du stirbst und wir bleiben, was wir sind!«

Karima lachte spöttisch: »Wenn ihr mich vernichten könntet, hättet ihr es schon längst getan. Das wissen wir doch alle.«

»Sie hat Recht. Wir müssen hier raus«, raunte Leo seiner Frau ins Ohr.

»Nicht ohne Paige«, knurrte Phoebe leise.

»Ich glaube nicht, dass wir sie überzeugen können«, sagte Rowan.

»Wir nicht«, stimmte Karima zu, »aber unsere Heerscharen!«

Mit einer heftigen Handbewegung in Richtung Decke befahl sie ihre Legionen herbei. Ein Rauschen erfüllte die Luft.

»Runter!«, schrie Piper, als sie die Fledermäuse sah, die sich auf das Trio herabstürzten.

Doch es hatte keinen Sinn. Kaum einen Lidschlag später waren Leo, Piper und Phoebe eingehüllt in einen Schwarm flatternde Fledermäuse, die mit ihren Flügeln wild um sich schlugen, bissen und kratzten.

Leo spritzte Weihwasser um sich, wodurch einige der Tiere zu Boden fielen. Aber es waren zu viele. Als eine Fledermaus in seine Achillesferse biss, stürzte er nach hinten und stieß mit dem Kopf gegen die Felswand. Benommen sackte er in sich zusammen.

Phoebe erging es nicht besser. Ein schmerzhafter Biss ins Handgelenk und sie musste ihren Holzpflock fallen lassen. Gegen diese widerlichen Flattertiere halfen ihre Karatekünste überhaupt nicht. Mit der Abwehr beschäftigt, bemerkte sie nicht, dass Rowan sich von hinten an sie heranschlich. Mit einem Faustschlag ins Genick streckte er sie zu Boden.

Inzwischen hatte sich Paige einen Weg durch die Fledermäuse gebahnt und drückte Piper gegen die Felswand.

Es war eine verfahrene Situation – Piper hatte keine Möglichkeit, sich zu verteidigen. Aber selbst wenn sie etwas in der Hand gehabt hätte, dann wäre sie trotzdem nicht in der Lage gewesen, ihre eigene Schwester zu pfählen.

Immer näher kamen die strahlend weißen Eckzähne, deren Spitzen zu funkeln schienen.

Piper schloss mit ihrer irdischen Existenz ab.

Doch plötzlich bemerkte sie einen kleinen roten Blitz.

Dann noch einen.

Und wieder einen!

Wie Silvesterraketen verpufften die Fledermäuse in der Luft.

Eine nach der anderen verschwand!

Sie fielen wie brennende Öllappen zu Boden, wo sie kreischend verendeten.

»Meine Kinder!«, schrie Karima entsetzt, die von der Wende völlig überrascht war. Erstmals verlor sie ihre Beherrschung.

Mit einer schnellen Bewegung scheuchte sie ihre verbliebenen Helfer davon, um ihnen das flammende Schicksal zu ersparen.

Endlich hatten Cole und die Halliwell-Schwestern Zeit, sich wieder aufzurappeln.

Der *Wächter des Lichts* kam schnell auf die Füße und stieß Paige vom Hals seiner Ehefrau weg.

Phoebe verpasste Rowan einen Tritt, wodurch dieser auf den Rücken fiel. Blitzschnell packte sie sich einen herumliegenden Holzpflock und sprang auf den Vampir. Rowan kämpfte mit aller Kraft gegen Phoebes Körpergewicht an. Doch sie hatte nicht nur die Kraft einer Hexe – sie war jetzt auch wütend!

Mit einem Schrei stieß Phoebe zu. Das Holz glitt Rowan durch die Finger und bohrte sich in seinen Brustkorb.

Schreiend wand sich der Blut saugende Schönling, bis ihn die Flammen von innen heraus verzehrt hatten.

Karima ahnte, was geschah. Sie half Paige auf. »Schnell, wir müssen hier weg, bevor die neue *Quelle* uns erwischt!«

Sie führte die junge Frau in die Dunkelheit des Schachtes.

Leo, Phoebe und Piper versuchten sich zu orientieren. Sie hatten zwar keinen blassen Schimmer, wer oder was ihnen da zur Seite gestanden hatte, aber jetzt war nicht der Moment für lange Überlegungen.

»Wir müssen Paige retten«, keuchte Leo.

Das brauchte er den Schwestern nicht zweimal zu sagen.

Sie hetzten hinter Karima und ihrer Schwester her.

Karima war wütend.

Das lief überhaupt nicht nach Plan!

Kein Wunder, dass sie Dämonen hasste – und die *Quelle* ganz besonders!

Es hätte alles so einfach sein können. Mit der Macht der *Zauberhaften* wäre sie zur Herrin der Unterwelt aufgestiegen und hätte ein neues Zeitalter der Dunkelheit eingeläutet.

Aber diese Halliwell-Schwestern waren zäher als gedacht und mit der Hilfe eines Wächters und der neuen *Quelle* waren sie unbesiegbar.

Karima zog Paige hinter sich her. Irgendwo musste sie einen Ort finden, an dem sie genug Ruhe hatte, um sich zu dematerialisieren. Und dann musste sie irgendwohin, wo niemand sie finden konnte, bis Gras über die Sache gewachsen war. So in zwei- oder dreitausend Jahren.

Ein helles Leuchten und eine fast weißgelbe Stichflamme machten ihr einen Strich durch die Rechnung. Noch bevor die Gestalt vollends erschienen war, wurde

Paige von einer unsichtbaren Kraft gepackt und zur Seite geschleudert. Sie blieb bewusstlos liegen.

»Die *Quelle*«, keuchte Karima entsetzt, als sie Cole sah.

»Du hättest dich nicht mit mir anlegen sollen«, knurrte der gut aussehende Dämon.

»Ich hätte meine Heerscharen lieber auf dich als auf diese kleine Schlampe ansetzen sollen«, gab Karima resigniert zu.

»Ende der Vorstellung«, verkündete Cole und ein mächtiger Feuerball aus seiner Hand traf die Vampir-Königin direkt in die Brust.

Es gab nur wenige Dämonen, die stark genug waren, einem Todesstoß der *Quelle* länger als eine Sekunde zu widerstehen. Karima schaffte fast zehn Sekunden. Sie verzog das Gesicht, ballte die Fäuste, bleckte die Zähne – ihr makelloser Körper blieb unversehrt.

Cole schaute sich das Schauspiel interessiert, aber nicht besorgt, an.

Schließlich verlor Karima den Kampf gegen die Kraft der *Quelle*. Ihre Haut wurde rissig, blaue Flüssigkeit trat daraus hervor und ihr schönes Gesicht fiel in sich zusammen. Nach wenigen Sekunden war nichts mehr von ihr übrig.

Cole atmete tief durch. Er sah Paige, die besinnungslos am Boden lag, aber sich schon wieder regte. Er hatte keine Ahnung, ob sie wusste, wer ihr da zu Hilfe gekommen war. Aber das war auch egal.

Dies war eine einmalige Chance.

Die Chance, die *Zauberhaften* endgültig zu vernichten.

Langsam hob er die Hand und in der Handfläche formte sich ein Feuerball, der auf und ab tanzte, gierig danach, Chaos zu säen.

Cole lächelte. Das war wirklich einfach.

»Paige?«, ertönte es plötzlich aus dem Schacht.
Cole knurrte wütend.
Das war zu gefährlich. Er konnte es sich nicht erlauben, dass seine Frau und ihre Hexen-Schwester ihn dabei ertappten, wie er Paige tötete.
»Schade«, murmelte er und ließ den Feuerball in seiner Hand verlöschen.
Später dann.
Er löste sich auf.

Cole, Phoebe und Piper rannten durch einen Hagel brennender Fledermäuse.
»Was ist hier los?«, schrie Phoebe.
»Sieht ganz so aus, als wäre die Königin tot«, antwortete Piper, während sie den Feuerbällen auszuweichen versuchte.
Bei ihrer Flucht durch den Schacht übersahen sie die schlanke Gestalt, die sich im Halbdunkel an der Seite versteckt hielt.
»Paige!«, rief Piper besorgt.
Cole half seiner Schwägerin auf die Beine, die zwar etwas mitgenommen, aber definitiv wieder menschlich aussah. »Geht es dir gut?«
»Die *Quelle*«, murmelte Paige groggy.
»Die *Quelle*?«, wiederholte Phoebe ungläubig.
»Sie war hier«, erklärte Paige weiter.
Piper konnte es kaum fassen: »Gerade eben? Hast du gesehen, wer oder was es war?«
Paige schüttelte zerknirscht den Kopf.
»Die Königin muss der neuen *Quelle* wohl im Weg gestanden haben«, mutmaßte Leo.

»Das erklärt den Tod der Königin«, rätselte Phoebe, »aber nicht, warum wir noch am Leben sind.«

Piper warf ihr einen zustimmenden Blick zu. Sie waren die *Zauberhaften* und damit die natürlichen Feinde der *Quelle*. Es wäre ein Leichtes gewesen, sie jetzt und hier auszuschalten.

»Haken wir das mal unter ›Glück gehabt‹ ab und suchen den Ausgang«, schlug Piper schließlich vor.

Leo, Phoebe und Paige nickten.

Es war ein langer Tag, eine lange Nacht und ein sehr langer Kampf gewesen.

6

PAIGE MOCHTE ES, am kleinen gusseisernen Tisch auf der Veranda zu frühstücken. Sie war immer eine Sonnenliebhaberin gewesen und in der Zeit als Vampirin hatte diese Vorliebe etwas gelitten. Genussvoll strich sie sich ein Brötchen, als Piper dazukam.

»Du bist aber früh auf«, bemerkte Piper. »Vampir-Albträume?«

Paige schüttelte den Kopf. »Glücklicherweise nein. Mir gehen nur ein paar andere Dinge durch den Kopf.«

»Irgendwas, worüber du reden willst?«, fragte Piper, während sie Platz nahm.

Paige winkte ab: »Das wird dir nicht gefallen.«

»Versuch's.«

»Es geht mal wieder um Cole«, begann Paige gedehnt.

Wider Erwarten blieb Piper gelassen: »Ich höre.«

Paige blickte auf ihr Brötchen: »Erinnerst du dich an den Typen, der mich im Nachtclub hat sitzen lassen?«

Piper schüttelte den Kopf: »Wie könnte ich? Ich habe ihn ja nie zu Gesicht bekommen.«

»Leider doch«, erklärte Paige. »In der Dimension der Vampir-Königin. Und als ich ihn das erste Mal traf, hatte er gerade eine Besprechung mit Cole.«

Piper atmete tief ein und Paige beeilte sich, fortzufahren, um den Gedanken noch zu Ende zu bringen: »Vielleicht wusste Cole nicht, dass er ein Vampir war. Und wahrscheinlich sagst du jetzt wieder, wir sollten nicht voreingenommen sein und hast damit sicher Recht.«

Piper schwieg einen Moment lang. Sie wollte nicht überhastet antworten: »Ich habe leider das Gefühl, dass du gar nicht so falsch liegst.«

Paige lehnte sich erleichtert zurück.

Na endlich!

Es war schwer gewesen, als einzige Halliwell-Schwester nicht an die charmante Charade des öligen Schwagers zu glauben. Nun hatte sie endlich eine Verbündete!

»Es sind die kleinen Dinge, die mich misstrauisch machen«, fuhr Piper fort. »Die Tatsache, dass er nicht will, dass wir uns bei ihnen materialisieren. Oder dass er ...«

»Mich nicht retten wollte?«, vollendete Paige den Satz.

»Er wollte nicht, dass wir Vampire jagen gehen«, korrigierte Piper, die sich noch nicht so weit aus dem Fenster lehnen wollte. »Ich will damit nicht behaupten, dass er immer noch ein Dämon ist. Wir wissen beide, dass das unmöglich ist.«

»Wir wissen aber auch beide, dass *nichts* unmöglich ist«, hielt Paige dagegen.

Touché.

»Aber was ist, wenn wir uns irren?«, gab Piper zu bedenken. »Dann verlieren wir Cole – und Phoebe. Vielleicht für immer.«

»Wir irren uns aber nicht«, insistierte Paige. »Irgendetwas ist da faul.«

Piper stimmte ihr zu.

Es klingelte mal wieder das Telefon. Das passte Cole nicht. Wenn jemand unangemeldet anrief, hatte er keine

Kontrolle über das, was passierte. Und das war nicht nach seinem Geschmack.

»Hallo?«, fragte er knapp in den Hörer.

»Hier ist Paige«, kam es zurück.

Cole atmete tief durch und versuchte so locker wie möglich zu klingen: »Paige. Wie fühlst du dich?«

»Wie ein Mensch, danke der Nachfrage«, antwortete die *Zauberhafte*. »Ist Phoebe da?«

Cole senkte unvermittelt die Lautstärke seiner Stimme: »Ja, aber sie schläft. Ich würde sie ungern stören.«

»Richte ihr doch bitte aus, sie möchte sich melden.«

»Mach ich.«

Er unterbrach die Verbindung.

In diesem Moment kam Phoebe aus dem Umkleideraum. »Wer war das?«

»Falsch verbunden«, sagte Cole und legte das Telefon beiseite. »Wie geht es dir?«

»Besser«, sagte sie und nahm am Esstisch Platz, um von dem Obst zu kosten.

Es fiel Cole nicht leicht, das unangenehme Thema anzuschneiden: »Phoebe, ich werde mich nie damit abfinden können, dass du Dämonen jagst. Das wirst du nicht ändern können.«

Sie war auf diese Diskussion schon vorbereitet. »Und du wirst es nicht ändern können, dass die Jagd auf Dämonen meine Bestimmung ist. Und dass ich Schwestern habe, die mich brauchen.«

»Ich verstehe«, murmelte er missvergnügt.

»Wirklich?«, fragte Phoebe skeptisch. »Das sah gestern gar nicht danach aus.«

Er lehnte sich vor und griff ihre Hand. »Ich möchte nur nicht, dass dir etwas passiert. Ist das denn so falsch?«

Sie sah ihn an und auf einmal musste sie lächeln. »Nein.«

Er ließ den Moment verstreichen und stand auf. »Ich muss zur Arbeit.«

Kaum hatte er die Tür hinter sich geschlossen, da klingelte wieder das Telefon.

Sie nahm ab: »Hallo?«

Es war der Arzt aus dem Krankenhaus, der ihr Blut abgenommen hatte.

»Dr. Juarez, was ist denn bei den Tests herausgekommen?«

Sie hörte seine Worte, doch eine Antwort bekam sie nicht mehr über die Lippen.

Phoebe Halliwell brach erneut bewusstlos zusammen.

Hart schlug sie auf dem kalten Marmor auf.

Niemand war da, um ihr zu helfen.

Niemand, um ihr beizustehen.

Nur die Stimme aus dem Telefonhörer, der vom Tisch baumelte: »Miss Halliwell? Ich bin ganz sicher, die Tests sind positiv. Gratuliere – sie sind schwanger!«

Der Zauberer

1

ENDLICH WAR ES SO WEIT.

Er hatte lange genug darauf hingearbeitet.

Geplant, intrigiert und manipuliert.

Er hatte sein Ziel hoch gesteckt. Er wollte das Böse beherrschen – in der Unterwelt und im Reich der Sterblichen.

Cole Turner, die neue *Quelle*.

Und an seiner Seite – Phoebe Halliwell, die ahnungslose weiße Hexe. Als eine der *Zauberhaften* war sie eine Schlüsselfigur in seinem Ränkespiel.

Die Vorbereitungen für die Krönungszeremonie waren bereits in vollem Gange.

In dieser Nacht wurden die Karten des Schicksals neu gemischt.

Gefolgt von vier Leibwächtern führte der Schwarze Hohe Priester Cole durch das Tor des mit Eisenspeeren umzäunten Felsendoms. Diese heilige Stätte der Unterwelt war von einem Ring aus Feuer umgeben.

Der Priester in seinem roten Gewand erklärte dem bald mächtigsten aller Dämonen den Ablauf der Krönungszeremonie: »Die Ehrengarde wird ihre Plätze entlang des Gangs einnehmen. Dann, exakt um Mitternacht, werden wir mit dem rituellen Sprechgesang beginnen. Das ist der Augenblick, an dem Ihr von einer Eskorte hereingeleitet werdet.«

Die Leibwachen hielten respektvollen Abstand, als der

Dämonenpriester zu dem mit Totenköpfen verzierten Podest schritt, das in der Mitte der Höhle stand.

Auf dem Podest lag ein Buch – aber nicht irgendein Buch.

Es war die legendenumwobene *Gremoir* – das dämonische Gegenstück zum *Buch der Schatten*.

Ein Anblick, von dem so mancher Dämon träumte.

Die *Quelle*, die erst kürzlich von den Halliwell-Schwestern vernichtet worden war, hatte schon seit Ewigkeiten über das Reich des Bösen geherrscht.

Cole musste ein wenig schmunzeln. »Die letzte Krönung ist lange her, nicht wahr?«

»Fünf Jahrhunderte! Auf zehn Jahre auf- oder abgerundet.«

Der Priester des Bösen schlug andächtig den verstaubten Folianten auf.

Voller Ehrfurcht blätterte er in dem mächtigsten Buch der Schwarzen Magie und suchte den Schwur für die Krönungszeremonie. »Hier ist er. Der Schwur. Alle Fürsten der Unterwelt und Dämonen mit Rang und Namen werden dabei sein, wenn Ihr den Eid leistet.«

Cole war immer noch ein wenig unwohl bei dem Gedanken, welchen bedeutenden Schritt er in der nächsten Nacht tun würde. Gewiss, er war ein Dämon, aber er war auch ein Mensch. Es war seltsam genug, dass er die meisten Höllendiener abstoßend fand und dass ihm Brioni-Anzüge besser gefielen als grobe Kutten.

Die Liebe zu Phoebe hatte die Macht der *Quelle* bisher daran gehindert, ihn gänzlich zu beherrschen.

Doch nach der Zeremonie würde es kein Zurück mehr geben.

Er musste den Zwiespalt in sich besiegen, er musste

die Last der Menschlichkeit von seinen Schultern werfen.

Skeptisch schaute er auf die magischen Worte, die seine Zukunft besiegeln sollten.

»Gut, dass ich noch etwas an meinem Latein gearbeitet habe«, spottete er.

Doch der Priester war nicht zu Scherzen aufgelegt.

Er spürte Coles Unsicherheit und das gefiel ihm ganz und gar nicht.

Er wusste aber auch, dass sein Gegenüber die Macht der *Quelle* in sich trug und somit nun mal der Einzige war, dem diese Ehre rechtmäßig zustand.

Außerdem wurde es höchste Zeit, dass die Machtkämpfe in der Unterwelt beigelegt wurden und dazu musste der vakante Thron so schnell wie möglich wieder besetzt werden.

Der Gelehrte des Bösen blickte Cole streng an und fuhr mit seinen Erläuterungen fort: »Wenn Ihr den Eid auf die *Gremoir* gesprochen habt, werdet Ihr über die ganze Macht der Schwarzen Magie verfügen können.«

»Werde ich irgendeine Veränderung an mir spüren? Ich meine danach?«, fragte Cole.

»Das kann gut sein. Die, denen vor Euch diese Ehre zuteil wurde, beschrieben ein Gefühl des ›Erfüllt-Seins‹.«

Cole konnte sich nicht helfen, er hatte immer noch Bedenken.

Er fürchtete sich vor dem, was mit ihm geschehen würde. »War jemals ein Dämon mit einer menschlichen Seite unter meinen Vorgängern?«

Der dämonische Würdenträger wurde langsam ungeduldig.

Er sah ihm tief in die Augen und antwortete nüchtern:

»Nein, ihr seid der Erste. Ihr solltet jetzt mit Euren Vorbereitungen für die Zeremonie beginnen.«

Zu den Leibwächtern gewendet verkündete er: »Die Wachen werden Euch jetzt in die Halle begleiten.«

Wie ihnen befohlen, geleiteten die Garden ihren zukünftigen Herrscher durch die von Fackeln schwach erleuchteten verwinkelten Gänge.

Vielleicht wurden sie durch ihre Überlegenheit zu nachlässig. Vielleicht war Cole in Gedanken zu sehr bei Phoebe.

Was immer es auch war – niemand bemerkte den heimlichen Beobachter.

Hinter ein paar bronzenen Chimären lag ein kleiner buckliger Zauberer auf der Lauer. Der staubige Boden verdreckte seine blau glitzernde Kutte, die mit allerlei alchimistischen Zeichen versehen war. In seiner Hand hielt er einen prächtig verzierten Zauberstab. Mit seinen Runzeln und dem struppigen weißen Bart erinnerte er an eine Figur aus »Harry Potter«. Doch er war ein ernst zu nehmender Teil der magischen Welt und es wäre ein Fehler gewesen, Filatus zu unterschätzen.

Der Magier versuchte einen Blick auf den Anwärter für den Thron der Unterwelt zu erhaschen. Vergeblich, denn die vier Leibwächter hatten ihn in ihre Mitte genommen und versperrten dem Zauberer so die Sicht.

Zu dumm!

Es wäre zu einfach gewesen, wenn er ein Trugbild von Cole hätte erzeugen und damit in die Nähe der *Gremoir* hätte gelangen können.

Er musste also einen anderen Weg finden, um noch vor

der feierlichen Handlung das Buch der schwarzen Magie in seine Finger zu bekommen.

Zum Glück hatte er sich wenigstens von einem der Wächter das Gesicht einprägen können.

Als die Eskorte außer Sichtweite war, kam Filatus aus seinem Versteck.

Er nahm seinen Stab mit dem Silberknauf und klopfte zweimal auf den Boden.

Schon entstand neben ihm ein exaktes Abbild des Leibwächters, dessen Anblick er erkannt hatte.

Diesem Double befahl er verschwörerisch: »Nimm mich fest!«

Der Hohe Priester legte ein Lesezeichen in die *Gremoir*, sodass er bei der bevorstehenden Krönung nicht lange blättern musste. Er hoffte auf eine störungsfreie Zeremonie.

Ein Geräusch lenkte ihn ab.

Er sah, wie einer der Wächter, die für die Sicherheit der zukünftigen *Quelle* zuständig waren, mit einem Gefangenen in den Felsendom kam.

Das Mitglied der Leibgarde schleifte den Eindringling unsanft zu seinem Herrn.

Erstaunt fragte der Hohe Priester: »Was geht hier vor?«

Die Wache erstattete Bericht: »Ich habe ihn draußen im Gang gefunden – er hat spioniert.«

Der Schwarze Priester amüsierte sich über die Dreistigkeit des Zauberers. Was bildete sich dieser Wicht ein? Die Kleidung und die typisch devote Haltung gaben den Eindringling zu erkennen: »Du bist Zauberer, stimmt's? Sollte deine Art nicht längst ausgerottet sein?«

Filatus funkelte den Priester aus seinen kleinen listigen Augen an. »Die Gerüchte über unser Ableben waren wohl verfrüht.«

»Aber nicht mehr lange ...«, gab der Hohe Priester süffisant zurück. »Hast du wirklich geglaubt, dass du die Krönungszeremonie aufhalten könntest? Du, ganz alleine?«

Der Magier grinste ihn unverhohlen an: »Ich kam gar nicht wegen der Krönungszeremonie. Ich kam her, um Rache zu nehmen.«

Noch ehe der Priester sich versah, hatte ihm Filatus seinen Stab in den Unterleib gerammt – und zwar genau dorthin, wo es auch einen Dämonen am meisten schmerzte.

Mit einer solchen Unverschämtheit hatte der Priester nun wirklich nicht gerechnet! Mit einer instinktiven Armbewegung schleuderte der Würdenträger den impertinenten Wicht mithilfe seiner telekinetischen Kräfte durch den Raum – ausgerechnet gegen das Podest, auf welchem die *Gremoir* lag.

»Wache!«, schrie er rasend vor Wut.

Der Leibwächter, der den Zauberer hereingebracht hatte, stand seelenruhig da und rührte keinen Finger. »Was ist los mit dir? Halte ihn gefälligst auf!«, bellte der Hohe Priester.

Filatus rappelte sich mühsam auf. Als minderes Zauberwesen hatte man es nicht leicht!

Er sah das nicht weit von ihm liegende Zauberbuch und wollte sich schon daraufstürzen.

Geistesgegenwärtig erkannte der Priester die Situation und fegte das Buch mit seinen magischen Kräften außer Reichweite.

Mittlerweile hatten auch Cole und die anderen Wachen den Ort des Geschehens erreicht.

»Was zur Hölle ist denn hier los?«, rief Cole fassungslos, als er das Chaos sah.

Filatus nutzte die allgemeine Verwirrung, griff nach seinem Zauberstab und verschwand – und mit ihm auch das Trugbild des Leibwächters.

Piper und Paige überlegten lange, wie sie ihre Einwände ihrer Schwester erklären sollten. Sie fühlten sich gar nicht wohl in ihrer Haut.

Die beiden jungen Hexen standen im Aufzug und fuhren nach oben in die luxuriöse Penthauswohnung, in der Cole und Phoebe seit kurzem lebten. Paige übte eine Formulierung, die Phoebe direkt mit den Tatsachen konfrontieren sollte: »Ob du es glaubst oder nicht, Cole ist wieder ein Dämon!«

Piper, die sich inzwischen daran gewöhnt hatte, den Part ihrer verstorbenen Schwester Prue zu übernehmen, widersprach: »Willst du, dass wir unsere Schwester verlieren? Das wird nämlich passieren, wenn du so mit der Tür ins Haus fällst. Abgesehen davon wissen wir nur, dass er sich mit Dämonen abgibt, nicht aber, ob er selbst einer ist.«

Als Antwort darauf parodierte Paige den alten ›Devil in the Sky‹-Song: »Wenn er aussieht wie ein Dämon, läuft wie ein Dämon ...«

»Das zieht nicht! Er ist Phoebes Ehemann, die Liebe ihres Lebens, ihr bester Freund ...«

Paige verschränkte frustriert die Arme vor der Brust. »Ist ja gut. Ich verstehe, was du meinst!«

Piper seufzte: »Es wird nicht einfach für sie sein, das zu akzeptieren. Besonders, da sie in ihrem Leben noch nie so glücklich war.«

Pling.

Sie waren oben angekommen.

Der Aufzug öffnete sich.

Phoebe stand vor der Dachterrasse und rieb sich den Nacken.

Es war nicht zu übersehen, dass es ihrer Schwester nicht besonders gut ging. Sie war blass und hatte Ringe unter den Augen.

Phoebe begrüßte sie: »Hallo, schön euch zu sehen. Kommt doch rein.«

Aber Piper ließ sich nicht täuschen: »Was ist los mit dir? Du siehst ...«

»Schrecklich aus?«, vollendete Phoebe. »Ich weiß. Ich habe seit Tagen kaum geschlafen.«

»Warum denn? Stimmt irgendetwas nicht mit dir?«, wollte Piper wissen.

Phoebe lächelte unsicher und deutete auf die Stühle an dem runden Glastisch: »Ich glaube, ihr solltet euch lieber hinsetzen.«

Piper und Paige sahen sich viel sagend an.

»Komisch, wir wollten dir gerade dasselbe vorschlagen«, ergriff Paige das Wort.

Phoebe atmete tief durch.

Sie wusste nicht, wie ihre Schwestern es aufnehmen würden.

»Hört zu. Was ich euch zu sagen habe ist ... es handelt sich um etwas Wichtiges ...«, stammelte sie.

Paige sah Piper verblüfft an: »Sie weiß es schon«, murmelte sie.

Phoebe hatte diese Bemerkung gehört: »Weiß was?«

»Sag du es uns«, zog sich Piper aus der Affäre.

Phoebe stützte sich mit ihren Händen auf den Glastisch

und versuchte die richtigen Worte zu finden: »Wie sage ich es am besten? Also ... ich bin schwanger.«

Einen Moment lang stand die Aussage einfach so im Raum.

Piper war vollkommen perplex. »Du bist was?!«

Paige vergaß angesichts der Neuigkeiten völlig, dass Piper sie gebeten hatte, sich zurückzuhalten: »Oh mein Gott – etwa von Cole?«

Piper und Phoebe sahen Paige verständnislos an.

Wie konnte sie nur so taktlos sein? Schließlich war Phoebe seit kurzem mit Cole verheiratet. Und da kam ein anderer ›glücklicher Erzeuger‹ wohl kaum in Frage.

Hoffentlich.

Cole war außer sich.

Nach den Geschehnissen im Felsendom musste er ein Exempel statuieren. Schließlich hatten sich die Sicherheitsvorkehrungen als außerordentlich stümperhaft erwiesen.

Einem miesen kleinen Zauberer war es gelungen bis zur *Gremoir* vorzustoßen.

Mit einem Schwert schlug Cole einem der Leibwächter, die den Zauberer hatten entkommen lassen, den Kopf ab.

Dann ging er auf den zweiten Wächter zu.

Der Diener des Schwarzen Priesters schluckte nervös.

Cole sah ihm tief in die Augen: »Bring mir den Zauberer, oder ich mache dasselbe mit dir.«

Wütend stieß er das blutverschmierte Schwert in den Steinboden, wo es zitternd stecken blieb.

2

NERVÖS GING PHOEBE AN DER FENSTERFRONT ihrer Penthauswohnung auf und ab.

Sie konnte es sich selber nicht erklären. »Ich verstehe nicht, wie das passieren konnte. Wir haben doch immer aufgepasst ... das ist das Letzte, womit ich gerechnet habe.«

Paige setzte an, um Phoebe ihre Bedenken über Cole mitzuteilen, doch Piper bedeutete ihr, dass jetzt wirklich nicht der richtige Zeitpunkt dafür war. »Weiß es Cole schon?«, fragte sie ihre jüngere Schwester.

»Noch nicht. Ich weiß, ich hätte es ihm sagen sollen, aber – ich wusste einfach nicht, wie. Ich möchte nicht, dass er auf die Idee kommt, dass ich mich nicht darüber freue.«

Piper schaute Phoebe ernst an: »Bist du denn glücklich darüber, dass du ein Kind von ihm erwartest?«

Phoebe zögerte: »Ich weiß nicht. Auf der einen Seite ja. Ich liebe Cole.«

Sie setzte sich endlich wieder hin. Sie war so froh, dass ihre Schwestern da waren und sie ihr Herz ausschütten konnte. »Aber ein anderer Teil von mir fürchtet sich zu Tode. Das kommt alles viel zu schnell für mich. Ich weiß nicht, ob ich schon bereit dafür bin.«

Sie war doch immer das Nesthäkchen gewesen. Prue hatte sie immer beschützen wollen. Der Tod ihrer geliebten ältesten Schwester, das Auftauchen einer unbekannten Halbschwester, die Heirat mit Cole, der Auszug von zu Hause, und jetzt auch noch die Schwangerschaft – das war einfach zu viel.

Aber das nannte man wohl Erwachsenwerden.

Piper hätte ihre Schwester am liebsten in den Arm genommen.

Sie beugte sich nach vorne und fragte sie sanft: »Warum hast du nicht gleich mit uns geredet, nachdem du es wusstest? Du hättest das nicht alleine durchmachen müssen.«

Phoebe verzog verlegen das Gesicht. »Ich wollte ja, aber ich war mir einfach nicht sicher, wie du es aufnehmen würdest.«

Piper sah sie überrascht an. »Weshalb?«

»Weil ich weiß, wie sehr du dir ein Kind wünschst ...

»Süße, das hat doch nichts mit mir zu tun, hier geht es um dich«, entgegnete Piper seufzend. »Ich wäre überglücklich, Tante zu werden. Mach dir darum keine Sorgen.«

Phoebe und Piper lächeln sich liebevoll an.

Doch Paige sah das Ganze nicht so locker.

Sie saß immer noch mit verschränkten Armen am Tisch.

»Und? Wann wirst du es Cole erzählen?«, fragte sie mit kaum verhohlener Ungeduld.

Phoebe zuckte ratlos mit den Schultern. »Ich habe keine Ahnung. Er hat im Moment so viel zu tun mit seinem neuen Job ...«

Paige hörte nicht auf, weitere Andeutungen zu machen: »Du wirst auch einiges zu tun haben – mehr als du denkst.«

Piper wollte ihrer kleinen Schwester das Herz nicht

noch schwerer machen: »... weil er nicht oft zu Hause sein wird, um dir bei den Vorbereitungen helfen zu können.«

»Das meine ich nicht«, maulte Paige.

Phoebe sah Paige fragend an. »Was denn dann?«

Piper warf Paige einen strengen Blick zu und wandte sich wieder Phoebe zu. »Das kann warten.«

In diesem Augenblick hörte Phoebe das Brummen des Fahrstuhls.

Cole kam nach Hause.

Sie wurde sichtlich nervös: »Das ist er. Ihr müsst hier weg. Er soll nicht wissen, dass ich es euch vorher gesagt habe. Schnell, teleportiert euch hier raus.«

Doch Paige war jetzt patzig: »Ich dachte, Cole wünscht das nicht? Hat er mehrfach gesagt.«

»Er möchte nicht, dass du hier einfach so hereinplatzt«, zischte Phoebe. »Er hat nichts dagegen, dass du dich auf diese Weise verabschiedest. Und jetzt raus!«

Paige zögerte, doch Piper packte sie unwirsch am Arm. »Sofort!«

Sie lösten sich in einem blauen Funkenregen auf.

Gerade noch rechtzeitig.

Cole bekam glücklicherweise nichts mit.

Er stellte eine Tüte mit frischen Muffins auf den Tisch. Phoebe lächelte ihn verlegen an: »Ich dachte, du musst arbeiten ...?«

Cole war überrascht, dass Phoebe nicht im Bett lag. »Geht es dir besser?«, fragte er, sichtlich erfreut.

»Viel besser. Danke.«

Phoebe schnappte sich ihre Handtasche und die Aktenmappe. »Ich muss los, der Abgabetermin, du verstehst ...«, stammelte sie.

Sie küsste ihn flüchtig und machte sich auf den Weg

in die Redaktion, wo sie eine Kolumne zu schreiben hatte.

Cole blickte ihr verblüfft nach. »Aber ich habe dir etwas zum Frühstück mitgebracht!«

Phoebe war bereits auf dem Weg zum Fahrstuhl: »Tut mir Leid. Ich rufe dich nachher an.«

Ungeduldig drückte sie auf den Knopf, um den Aufzug zu rufen. Warum dauerte das denn nur so lange?

Cole kam das alles sehr merkwürdig vor.

»Ist irgendwas nicht in Ordnung?«, wollte er von ihr wissen.

Phoebe setzte ihr breitestes Lächeln auf: »Warum denkst du, dass etwas nicht in Ordnung sei?«

»Weil ich deine Backenzähne sehen kann, wenn du lügst«, stellte er lakonisch fest.

Ups, das aufgesetzte Lächeln war wohl doch ein bisschen zu auffällig gewesen. »Lass uns heute Abend reden«, murmelte sie.

Doch Cole wollte sie so nicht gehen lassen. »Phoebe!«

Er kam auf sie zu, und mit jedem Schritt fühlte sich Phoebe stärker in die Ecke gedrängt.

Sie musste hier raus!

»Nicht jetzt. Bitte nicht jetzt!«, flehte sie ihn an.

Pling!

Endlich.

Der Aufzug war da.

Schnell huschte sie hinein.

Cole rief ihr hinterher: »Ich mache mir Sorgen.«

»Brauchst du nicht«, antwortete sie knapp.

Cole hatte seine Frau noch nie so gesehen. Ihm war klar, dass sie ihm etwas verheimlichte.

Er stand jetzt direkt vor der Fahrstuhlkabine: »Mache ich mir aber. Was um alles in der Welt ist denn los?«

Phoebe holte tief Luft und fasste sich ein Herz: »Ich bin schwanger.«

Cole glaubte sich verhört zu haben. »Wie bitte?«

Phoebe drückte schnell die Taste, die die Aufzugstüren schloss.

»Lass uns später darüber reden«, rief sie ihm noch zu.

Sie wollte erst einmal selbst mit der Situation klarkommen.

Cole blieb völlig verdattert zurück.

Nach und nach begriff er, was seine Frau ihm gerade gesagt hatte.

Sein angespannter Gesichtsausdruck wich einem erst zaghaften, dann immer breiter werdenden Lächeln. Mit stolzgeschwellter Brust murmelte er. »Ich werde Vater ...«

Was für eine Neuigkeit!

Cole Turner.

Die neue *Quelle*.

Herrscher über das Böse.

Und – Daddy.

3

PIPER UND PAIGE WAREN GERADE ZU HAUSE angekommen und standen in der Eingangshalle des Halliwell-Hauses.

Das waren ja unglaubliche Neuigkeiten.

Sie konnten es noch gar nicht fassen.

In diesem Moment materialisierte Leo neben ihnen. Piper hatte mithilfe ihrer Gedanken nach ihrem Ehemann gerufen.

»Wo brennt's?«, wollte er wissen.

»Phoebe ist schwanger«, informierte ihn Piper.

Ihr *Wächter des Lichts* hatte erwartet, Verletzte zu heilen oder Erkundigungen über irgendeinen Dämon zu besorgen. Mit solch einer Nachricht konnte er nun wirklich nicht rechnen. Er schaute seine Frau überrascht an. »Wie bitte? – Wirklich?«

Es war offensichtlich, dass er sich für Phoebe freute.

Doch aus Paige platzte es sofort heraus: »Sie sollte wissen, dass sie das Kind eines Dämonen austrägt. Meint ihr nicht?«

Piper blickte sie wieder einmal strafend an. »Du weißt nicht mit Sicherheit, ob Cole ein Dämon ist.«

»Du weißt aber auch nicht mit Sicherheit, dass er keiner ist«, gab Paige schnippisch zurück.

Schon häufiger hatte sie den Verdacht geäußert, dass Cole wieder ein Dämon sei, doch keiner hatte es hören wollen.

Leo wollte etwas sagen, kam aber nicht zu Wort, da die beiden Schwestern bereits lautstark diskutierten.

»Ist ja schon gut. Wir werden ihn genau beobachten, bis wir uns Klarheit verschafft haben«, schlug Piper vor.

»Ich finde aber, dass sie das Recht hat, es sofort zu erfahren«, setzte Paige dagegen.

Piper ahnte, wie sehr Phoebe ihren Ehemann liebte und konnte deshalb einfach nicht zulassen, dass ihr unnötig Angst eingejagt wurde. »Sie kann jetzt aber keine Aufregung gebrauchen«, bestimmte sie.

»Auch nicht, wenn sie in Gefahr ist?«, fragte Paige starrköpfig.

Guter Punkt.

»Cole würde ihr niemals wehtun. Er konnte es noch nicht einmal, als er ein Dämon war«, gab Piper zu bedenken.

Das war Paige nicht genug: »Willst du ihr Leben darauf verwetten?«

Leo wurde das langsam zu dumm. Wie ein Schiedsrichter beim Boxen ging er zwischen die beiden Streithähne und zeigte ihnen klar das ›Time Out‹-Zeichen: »Wollt ihr meine Meinung dazu hören?«

»Hängt davon ab, auf wessen Seite du stehst.«

Leo war sprachlos. Doch ihm blieb keine Zeit, um darauf zu reagieren.

Hinter ihnen öffnete sich ein Dimensionenfenster und ein kleiner Mann hüpfte heraus.

Ein Zauberer.

Ein typischer Zauberer sogar – blaue Kutte, Bart, Zauberstab.

Sein flackernder Blick und seine hektischen Bewegungen ließen darauf schließen, dass er sich auf der Flucht befand.

Er sah die Halliwells – und blieb wie angewurzelt stehen: »Bitte, ihr müsst mir helfen!«

Piper sah den Eindringling verdutzt an: »Warum sollen wir dir helfen? Wer bist du überhaupt?«

Doch in diesem Augenblick stolperte auch schon der Leibwächter des Schwarzen Priesters durch das Dimensionenfenster.

Er schaute sich kurz um, sah den Gesuchten und schleuderte einen Energieball auf den völlig verängstigten Magier.

Bevor Piper begriff, was da vor sich ging, war es auch schon zu spät. Der Magier war vernichtet.

Reflexartig riss sie die Hände hoch und ließ den Leibwächter explodieren.

Ihre neuen Kräfte waren manchmal sehr nützlich.

Paige konnte es einfach nicht glauben: »Sind die alle verrückt? Ich dachte, es hätte sich unter den Dämonen mittlerweile herumgesprochen, wessen Haus das hier ist.«

Doch das seltsame Intermezzo war noch lange nicht vorbei.

Der Magier erschien plötzlich wieder – diesmal saß er auf der Couch in der Eingangshalle.

»Es hat sich herumgesprochen ...«, bestätigte er blasiert. »... und deshalb bin ich ja auch hier.«

Piper, Paige und Leo drehten sich verdattert um.

Es war kaum zu glauben. Der Zauberer war vollkommen unversehrt und grinste sie auch noch an.

Paige stemmte die Hände in die Hüfte: »Aber du wurdest doch gerade vernichtet!«

Der Zauberer mit seinem abgetragenen Mantel lehnte sich selbstgefällig zurück. »Nicht mich hat er getötet. Nur eine Illusion! Einer meiner kleinen Tricks«, entgegnete er arrogant. »Ist ab und zu recht hilfreich, wenn es darum geht, meine Haut zu retten.«

Leo verstand langsam, was für eine Gestalt sie da vor sich hatten. »Du bist ein Zauberer, richtig?«

Der Gaukler stand auf und ging langsam auf das Trio zu.

»So nennt man meine Zunft, da es leider keine bessere Bezeichnung für uns gibt. Ich heiße Filatus.«

»Moment mal. Du hast uns gerade ausgetrickst und uns dazu gebracht, deinen Feind zu vernichten?«, knurrte Piper.

»Meine Feinde sind auch eure Feinde«, versuchte er sie zu beschwichtigen.

»Behauptest du«, entgegnete Paige. Zu Leo gewandt fragte sie: »Freund oder Feind?«

»Ich habe keine Ahnung«, musste Leo zugeben. »Ich habe noch nie einen getroffen. Ich habe nur von ihnen gehört.«

»Gebt mir einen kleinen Vertrauensbonus«, quäkte das Männchen. »Warum sollte ich euch aufsuchen, wenn ich böse wäre?«

Er marschierte wie selbstverständlich ins Wohnzimmer und sah sich seelenruhig um.

Was erlaubte sich dieser Kerl eigentlich?

Piper wurde es langsam zu bunt.

Sie stellte sich ihm in den Weg – bereit, ihn explodieren zu lassen.

»Entweder du bleibst jetzt stehen oder ich jage dich in die Luft. Verstanden?«

Der unverschämte Flegel ließ sich von dieser Drohung

gar nicht beeindrucken und ging zum Kamin rüber. »Du bist das Sensibelchen der Hexen-Schwestern, richtig? Ich habe einiges über dich gehört – Pippa.«

»Piper!«, korrigierte sie ihn mürrisch.

»Wie auch immer.«

»Was willst du eigentlich?«, wollte Leo von ihm wissen.

»Mich an der *Quelle* rächen«, erklärte der Zauberer mürrisch und sah sich dabei im Spiegel an. »Dafür, dass sie vor Jahrhunderten meine Sippe auf blutrünstigste Art und Weise ausgelöscht hat. Und dafür brauche ich eure Hilfe.«

»Hast du die Nachrichten der Unterwelt nicht verfolgt? Die alte *Quelle* ist tot«, klärte ihn Piper auf.

»Genau. Wir haben den Mistkerl nämlich vernichtet«, brüstete sich Paige stolz.

Doch Filatus musste sie enttäuschen: »Die *Quelle* ist nicht vernichtet worden, sie wurde wiedergeboren in einem anderen Mistkerl.«

Piper konnte kaum glauben, was sie da hörte. »Du nimmst uns auf den Arm. Nach allem, was wir durchgemacht haben, hat die *Quelle* einen Weg gefunden, uns zu entkommen?«

Inzwischen war der Magier zum Tischchen hinter der Couch marschiert.

Er klopfte zweimal mit seinem Stab auf den Boden.

Es glitzerte kurz und vor ihm lag ein saftig gebratener Truthahn auf einem Holzbrett. Genüsslich rupfte er dem Federvieh eine knusprige Keule ab und biss hinein.

»Heute Nacht werden wir die letzte und einzige Möglichkeit haben, ihn aufzuhalten. Und zwar bevor er bei der Krönungszeremonie seine Macht erhält«, ließ der Magier schmatzend verlauten.

Paige sah ihn verwirrt an. »Heute Nacht! Wie sollen wir ein so großes Vorhaben so kurzfristig bewältigen? Wir haben keinerlei Möglichkeit uns vorzubereiten.«

»Wir stehlen die *Gremoir*!«, erklärte Filatus mit vollem Mund.

Paige sah Leo fragend an.

»Das *Buch der Schatten* der Unterwelt«, flüsterte der *Wächter des Lichts* ihr zu.

»Die *Quelle* muss ihre Hand auf dieses Buch legen, während sie den Eid leistet oder sie erhält ihre Kräfte nicht«, fuhr Filatus fort.

»Das ist alles? Wir müssen nur das Buch stehlen und halten damit die *Quelle* auf? Wo ist der Haken?«, fragte Piper skeptisch.

»Der Haken ist, dass das Buch streng bewacht an einem geheimen Ort aufbewahrt wird. Ich weiß zwar, wie ich dorthin gelange, aber ich kann die Wachen nicht alleine überwältigen. Das wäre dann eure Aufgabe.« Der Magier kam auf Piper zu und bot ihr die angebissene Truthahnkeule an. »Sind wir Partner?«

Piper hatte ja schon einiges erlebt, aber noch nie Dämonen, Kobolde oder sonstige Wesen der Unterwelt, die die Macht der *Zauberhaften* erbaten, um gegen ihre eigenen Leute – pardon – Dämonen vorzugehen? Da musste etwas faul sein.

Sie ließ den Zauberer erst einmal erstarren, um sich mit Leo und Paige zu besprechen. »Ich glaube ihm kein einziges Wort.«

Sofort bot Leo seine Dienste als *Wächter des Lichts* an: »Ich frage mal beim Rat der Ältesten nach, ob etwas über ihn bekannt ist. In der Zwischenzeit solltet ihr Phoebe holen. Falls dieser Filatus Recht hat, dann werdet ihr die Macht der Drei brauchen.«

In einem blauen Funkenregen löste er sich auf.

»Ich hole Phoebe«, verkündete Piper.

»Nein, du solltest hier bleiben. Ich werde sie holen«, entgegnete Paige.

»In Ordnung, aber kein Wort über Cole«, ermahnte Piper ihre junge und manchmal etwas unsensible Schwester.

Paige hob beide Hände zum Schwur, setzte ihre unschuldigste Miene auf und versprach: »Pfadfinderehrenwort.«

Als Paige sich auf den Weg machte, erlöste Piper Filatus aus seiner Erstarrung.

Sie stemmte die Hände in die Hüfte und sah den verdreckten Unruhestifter scharf an. »Nur zu deiner Erinnerung. Eine falsche Bewegung und du wirst geröstet.«

Der Zauberer ließ sich das nicht zweimal sagen, pochte mit seinem Stock auf den Boden und die Truthahnkeule in seiner Hand verwandelte sich in eine Scheibe Toastbrot. »Hast du Marmelade für mich?«

Piper seufzte.

Das hatte sie nicht verdient.

4

NACHDEM PHOEBE IHM AM VORMITTAG die freudige Nachricht zugerufen hatte und ins Büro geeilt war, hatte sich Cole gleich darauf im Wohnzimmer an seinen Laptop gesetzt.

Er surfte im Internet nach allem, was man für Babys brauchen konnte. Auf der Homepage, auf der er sich gerade befand, lief als Hintergrundmusik das Kinderlied »Guten Abend, gute Nacht«, welches er fröhlich mitsummte.

»Ist die Hexe zu Hause?«, hörte er die Stimme seiner dämonischen Assistentin.

»Nein.«

Da die Luft rein war, erschien hinter ihm seine gut aussehende Mitarbeiterin Julie.

»Ich dachte, dass Sie auf dem Laufenden gehalten werden wollten«, erklärte sie ihrem Boss und sah in ihrem Palm Pilot nach, während sie sich auf die Lehne der Couch setzte. »Wie Sie angeordnet haben, sind die Sicherheitsvorkehrungen zur Bewachung der *Gremoir* erhöht worden.«

Sie stutzte, als sie die Musik der Babyhomepage aus dem Laptop hörte. »Was ist das für eine grauenhafte Musik?«

Cole war es sichtlich peinlich, als er bemerkte, dass er, der zukünftige Herrscher der Unterwelt, dabei ertappt wurde, wie er Babysachen einkaufte.

Schnell schaltete er seinen Rechner aus.

Erstaunt fragte sie ihren Chef: »Sie kaufen Babysachen ein?«

Cole lachte verlegen. »Ja. In der Tat.« Dann verkündete er voller Stolz: »Phoebe ist schwanger.«

Julie, die wusste, dass die Liebe zu Phoebe Coles dämonische Seite schwächte, war höflich genug, ihn zu seinem Nachwuchs zu beglückwünschen. »Ein Stammhalter, das sind ja gute Nachrichten. Aber ich verstehe trotzdem nicht, weshalb ...«

»Ich muss den Schein wahren. Ich versuche, mich einfach so zu verhalten, wie jeder normale werdende Vater – Phoebe zuliebe«, erklärte der frisch gebackene Ehemann.

Julie runzelte die Stirn.

Sie glaubte ihm kein Wort, war aber klug genug, sich das nicht anmerken zu lassen.

Cole wechselte schnell das Thema, da ihm die Fragen seiner Assistentin langsam unangenehm wurden. »Gibt es sonst noch etwas?«

»Darf ich offen mit Ihnen sprechen?« Julie wartete die Antwort gar nicht erst ab. Sie fing an, ihn zu umkreisen. »Ich mache mir Sorgen um Sie. Ich habe einfach Angst davor, dass der Einfluss der Hexe zu groß ist – und mit dem Baby sogar noch größer wird.«

Cole sah sie an: »Machen Sie sich Gedanken wegen der bevorstehenden Krönungszeremonie?«

»Ich mache mir Sorgen um die Zeit nach der Krönung ...«, sprach Julie weiter.

Sie stand nun wieder direkt hinter ihm und streichte ihm sanft über die Schulter. »... die nächsten neun Monate, um genau zu sein. Wenn das Band zwischen Ihnen und Phoebe noch stärker wird. Sie werden die

Kontrolle über Ihre menschliche Seite immer mehr verlieren, es sei denn …«

»Es sei denn … was?«, wollte Cole wissen.

»Sie erlauben der Seherin, schwarze Magie anzuwenden. Ich könnte das Kind für Phoebe austragen«, hauchte sie ihm ins Ohr, während sie ihm den Nacken kraulte.

Cole konnte nicht glauben, was seine Assistentin sich da erlaubte.

»Was?«, fragte er aufgebracht.

Er stieß sie weg.

Doch die blonde Versuchung hörte nicht auf, ihn zu umgarnen: »Sie bräuchten die Hexe dann nicht mehr. Sie hätten dann mich – als ihre Königin.«

Das ging ihm entschieden zu weit.

War diese Frau noch bei Sinnen?

Angewidert sprang er auf. »Sind Sie noch ganz bei Trost?«

Julie ließ sich nicht irritieren: »Ich versuche, Sie zu retten. Die Unterwelt wird keinen Herrscher tolerieren, der einen Gewissenskonflikt in sich trägt. Das kleinste Zeichen von Schwäche und Sie würden es nicht überleben.«

Cole sah sie herausfordernd an. »Wollen Sie mir etwa Angst machen?«

Julie gab nicht nach: »Keineswegs. Ich will Sie nur an Ihre Bestimmung erinnern, Ihre Zukunft! Zu keiner von beiden gehört die Hexe.«

Einen langen Moment sah sie ihm tief in die Augen – und verschwand.

Cole war empört über diese bodenlose Frechheit.

Er setzte sich zurück auf die Couch.

Er war außer sich.

Vor lauter Wut zerschmetterte er den Glastisch vor sich mit seinem Laptop.

Diese Unverschämtheit!

Oder hatte Julie vielleicht … Recht?

5

In der Redaktion ging es wie immer hektisch zu.

Phoebe versuchte verzweifelt, ihre Gefühle in den Griff zu bekommen und sich auf die Leserbriefe für ihre Kolumne zu konzentrieren. Um 18 Uhr war schließlich Abgabe.

Doch es sah nicht gut aus.

»Natürlich weiß ich, dass bald Redaktionsschluss ist, aber Elise hat meine Kolumne in letzter Minute verworfen und entschieden, dass es um andere Themen gehen solle«, zischte sie ins Telefon.

Die Entgegnung passte ihr gar nicht.

»Wie schwer es sein kann, ein paar Leserbriefe zu beantworten?«, wiederholte sie sarkastisch die Frage ihres Gesprächspartners. »So schwer!«

Wütend knallte sie den Hörer auf die Gabel und warf dabei versehentlich ihren Kaffeebecher vom Tisch. Paige hatte ihre Schwester von draußen gehört und steckte vorsichtig ihren Kopf durch die Türe von Phoebes Büro.

»Hast du Ärger?«, fragte sie behutsam.

Phoebe seufzte und rückte sich gedankenverloren ihre Lesebrille zurecht. »Ja. Ich meine – nein. Ist nicht so wichtig. Was gibt es?«

Paige hob den Kaffeebecher auf und rückte zögerlich mit der Sprache raus: »Wir brauchen die Macht der Drei.«

Das konnte Phoebe im Moment nun wirklich nicht gebrauchen. »Ausgerechnet jetzt? Kann das nicht warten?«

Paige klärte Phoebe im Telegrammstil auf: »Wir haben die *Quelle* nicht getötet. Sie wurde wiedergeboren. Und falls wir dem Zauberer nicht dabei helfen, sie vor der Krönung heute Nacht aufzuhalten, bekommt sie wieder alle Macht zurück.«

Phoebe war das im Moment ziemlich egal. »Dann wird sie eben gekrönt.«

Paige sah ihre Schwester verblüfft an. »Was hast du gesagt?«

Phoebe war gerade sehr genervt. »Warum denn nicht? Was kann denn schlimmstenfalls passieren?«

Paige begriff die Welt nicht mehr. »Mal abgesehen davon, dass die Hölle los sein wird?«, fragte sie sarkastisch. »Was ist denn bloß?«

Phoebe kam langsam zu sich. »Ich weiß es nicht. Vielleicht habe ich einfach nur einen schlechten Tag. Ich treffe dich gleich zu Hause. Ich muss nur noch schnell Cole Bescheid sagen.«

»Das ist keine gute Idee.« Als Paige Phoebes fragenden Blick sah, konnte sie gerade noch einmal die Kurve kratzen: »Er ist doch damit beschäftigt, der supererfolgreiche Staranwalt zu sein.«

Schluss jetzt!

Phoebe stand auf und stützte die Hände auf ihren Schreibtisch. Sie war es langsam leid, sich ständig diese bissigen Bemerkungen über Cole von ihr anhören zu müssen und stellte Paige zur Rede: »Spuck es endlich aus. Was hast du jetzt wieder für ein Problem mit Cole? Los, raus damit!«

»Ich habe kein Problem mit ihm«, flunkerte Paige.

Doch Phoebe wusste es besser: »Ich weiß, dass du lügst. Ich kann bis zu deinen Weisheitszähnen sehen.«

Paige verdrehte die Augen. »Ich habe gar keine Weisheitszähne mehr.«

Phoebe riss jetzt endgültig der Geduldsfaden. »Paige!«

Die unerfahrene Hexe realisierte, dass sie keine Wahl mehr hatte. »Du wirst es aber nicht gerne hören«, sagte sie, um Zeit zu gewinnen. »Erinnerst du dich an den Vampir, der mich vor ein paar Tagen angegriffen hat? Ich habe ihn vorher bei Cole gesehen, als ich in eurer Wohnung war.«

Phoebe schaltete nicht sofort: »Und?«

»Glaubst du nicht, dass das ein ziemlich merkwürdiger Zufall ist für einen angeblichen Ex-Dämon?«

»Was meinst du mit ›angeblich‹?«, fragte Phoebe verärgert.

Paige stellte sich frontal vor ihre Schwester: »Sei doch nicht so naiv! Seit er den neuen Job angenommen hat, verhält er sich merkwürdig. Wir gehen davon aus, dass die Firma nur eine Tarnung ist.«

Phoebe schüttelte den Kopf. »Das glaube ich nicht.«

Paige war jetzt nicht mehr zu halten: »Sieh den Tatsachen ins Auge. Cole ist wieder zu seinem alten Lebenswandel zurückgekehrt. Und ich bin nicht die Einzige, die so denkt. Piper sieht das genauso.«

Damit hatte sie ihrer Schwester den Dolchstoß verpasst.

Phoebe sah sie nur traurig an.

Paige wusste, dass sie der jungen Frau gerade sehr wehgetan hatte.

Mitfühlend senkte sie ihre Stimme: »Das war es, worüber wir heute Morgen mit dir reden wollten. Es tut mir so Leid.«

Phoebe war zutiefst verletzt.

Wortlos lief sie an Paige vorbei, schnappte sich ihre Tasche und stürmte aus dem Büro.

»Was hast du vor?«, rief Paige ihr hinterher.

»Beweisen, dass du im Unrecht bist«, entgegnete sie.

»Und was ist mit der *Quelle*? Wir brauchen die Macht der Drei«, beschwor Paige ihre Schwester.

»Du kannst die Macht der Drei vergessen!«, antwortete Phoebe knapp.

Und damit war sie weg.

Paige hätte sich vor Wut in den Hintern treten können.

Aber das war nicht nötig.

Piper würde das sicher für sie erledigen.

Phoebe fuhr sofort zu dem exklusiven Apartmentkomplex, in dem sich ihre Wohnung befand.

Oben angekommen, schaute sie sich nach irgendwelchen Hinweisen um, die beweisen sollten, dass ihre Schwestern sich irrten.

Auf dem Glastisch im Esszimmer sah sie Coles Aktentasche liegen.

Langsam ging sie darauf zu und öffnete sie behutsam.

Vor Spannung hielt sie den Atem an.

Vorsichtig blätterte sie in den Unterlagen ihres Mannes.

Prozess-Unterlagen, Gerichtseingaben, Anträge.

An den Akten, die er dabei hatte, war nichts Ungewöhnliches.

Erleichtert steckte sie die Dokumente zurück in die Mappe.

Phoebe legte ihre Sachen auf den Tisch.

Sie hörte ein Geräusch.

Leise bewegte sie sich in die Richtung, aus der das Geraschel zu hören war. Im Vorbeigehen sah sie die zerbrochene Glasplatte des Couchtisches.

Waren da etwa Einbrecher in der Wohnung?

Sie schlich weiter zum Schlafzimmer und horchte angespannt an der Türe.

Behutsam drehte sie den Knauf und öffnete die Türe.

Keine Gefahr.

Im Gegenteil.

Was sie sah, machte Phoebe zum glücklichsten Menschen der Welt.

Der Himmel ihres Ehebetts war mit bunten Luftballons geschmückt. Überall standen die schönsten Blumen herum. Ein überdimensionierter weißer Teddybär saß auf ihrem Kopfkissen.

Cole stand da wie ein kleiner Junge, der beim Keksenaschen ertappt wurde.

Er sah sie liebevoll an. »Du hast mich erwischt.«

Dann drehte er sich um, nahm einen Strauß roter Rosen vom Bett und überreichte ihn ihr: »Ich liebe dich!«

Phoebe war erleichtert. Sie sah Cole zärtlich an.

Cole küsste sie überschwänglich. Und da sein Kind in ihr heranwuchs, küsste er auch ihren Bauch. Sie umarmten einander.

Cole konnte gar nicht ahnen, wie glücklich er sie in diesem Augenblick machte.

Phoebe hatte Tränen in den Augen.

Sie war so froh, dass ihre Schwestern sich geirrt hatten.

6

PIPER WAR GERADE IN DER EINGANGSHALLE des Halliwell-Hauses, als sie hörte, wie Paige die Stufen zur Haustüre hinauflief. Sie passte ihre Schwester an der Türe ab.

Paige brauchte ein paar Anläufe, um das Ende des Streits wiederzugeben.

Skeptisch wiederholte Piper die letzten Worte Phoebes: »Du kannst die Macht der Drei vergessen?«

Das klang so gar nicht nach Phoebe. Sie wusste, wie ernst sie ihre Pflichten als weiße Hexe nahm und alles stehen und liegen ließ, wenn es darum ging, Unschuldige zu beschützen oder Dämonen zu bekämpfen. Besonders wenn es sich um die *Quelle* selbst handelte.

Doch Paige versicherte ihr noch einmal, dass sie sich nicht verhört hatte: »Das waren ihre Worte. Dann ist sie aus dem Büro gestürmt und hat mich dabei fast umgerannt.«

Piper vermutete, dass da noch etwas vorgefallen sein musste.

Sie wusste, wie unglücklich sich Paige manchmal ausdrückte und auch, dass Phoebe immer noch der Überzeugung war, dass Paige Cole nicht ausstehen konnte. »Das hört sich aber nicht gerade nach simplen Hormonschwankungen an.«

»Natürlich nicht. Sie war ziemlich sauer«, gab Paige zu.

»Worüber denn?«, fragte Piper.

Doch als Paige unsicher mit den Augen zwinkerte, ging

ihr ein Licht auf und sie ahnte, was vorgefallen war. »Das glaube ich nicht. Sag mir bitte, dass das nicht wahr ist!«

Piper sah den betretenen Ausdruck in Paiges Gesicht und der verhieß nichts Gutes. Sie fuchtelte wild mit den Händen umher und schnauzte ihre Schwester an: »Du hast es ihr erzählt?«

Paige versuchte, sich zu verteidigen: »Sie hätte es früher oder später ohnehin herausbekommen.«

Piper war außer sich. »Aber erst, wenn wir beide entschieden hätten, dass es der richtige Zeitpunkt wäre. Und was machen wir jetzt? Mal abgesehen davon, dass sie wahrscheinlich nie wieder ein Wort mit uns reden wird. Da hättest du die *Quelle* ja gleich selbst krönen können.«
Paige versuchte sie zu beschwichtigen: »Jetzt übertreibst du aber maßlos.«

Doch Paige kannte ihre jüngere Schwester besser. »Tue ich nicht. Wir brauchen Phoebe für unseren Plan.«

Paige sah Piper fragend an. »Bei was für einem Plan denn?«

Piper startete in Richtung Küche und befahl Paige: »Komm mit!«

Piper ging voraus, durch die Schwingtüre in die Kü ... – doch halt, was war das?

Auf der anderen Seite der Tür befand sich nicht mehr die Küche!

Schlimmer noch – auf der anderen Seite der Tür war ein Ort, der im Diesseits nirgends zu finden war.

Sie befanden sich plötzlich im Felsendom, in dem die Krönungszeremonie für die neue *Quelle* stattfinden sollte.

Um das Podest herum bewachten vier Mitglieder der dämonischen Leibgarde die *Gremoir*. Etwas abseits stand der Schwarze Priester in seiner roten Sutane und neben ihm eine gesichtslose Gestalt im schwarzen Anzug. Filatus lehnte entspannt an der Felswand.

Niemand rührte sich. Alle Dämonen waren erstarrt.

Sie schienen durch die Hexen durchzuschauen.

Paige verzog angewidert das Gesicht. »Ich kann mir nicht helfen, aber die alte Küche hat mir besser gefallen.«

Dann besah sie sich alles genauer.

»Das ist eine Illusion, richtig?«, verkündete sie, als sie begriffen hatte, was gespielt wurde.

Filatus sah Paige mürrisch an und raunte Piper zu: »Bitte sag mir, dass sie nicht die Strategin der Familie ist.«

Piper stellte der jungen und in manchen Dingen noch recht unerfahrenen Hexe die Trainingssequenz vor und deutete dabei jeweils auf die einzelnen Platzhalter: »Das ist die *Gremoir*, das der Schwarze Priester, hier sind die Bodyguards. Und der mysteriöse Mann dort drüben, ist die *Quelle*.«

»Wie passend. Erst verheimlicht er sein wahres Ich und jetzt hat er sein Gesicht komplett verloren«, bemerkte Paige sarkastisch.

»Ich habe ihn nicht genau sehen können. Mehr war leider nicht zu machen«, entschuldigte sich Filatus.

»Das ist kein Problem. Höchstwahrscheinlich wird er gar nicht anwesend sein. Davon abgesehen – alles was uns interessiert, ist die *Gremoir*.«

»Kapiert. Wie sieht also euer Plan aus?«, wollte Paige nun wissen.

Piper grinste den Zauberer hämisch an. »Wir lernen aus den Fehlern, die er gemacht hat.«

»Ich habe keine Fehler gemacht, ich habe mich nur ein wenig ... verschätzt«, korrigierte der Magier beleidigt.

»Du hattest keinerlei Rückendeckung, dein Täuschungsmanöver hat dir nicht genügend Zeit verschafft und du wurdest gefasst. Ich würde das schon Fehler nennen«, spottete Piper.

Doch für verletzte Eitelkeit war jetzt keine Zeit.

»Dieses Mal werden wir für ein größeres Durcheinander sorgen. Nachdem du sowieso auf der Fahndungsliste der Dämonen stehst, werden sie sich auf dich stürzen, sobald du dort auftauchst«, erklärte Piper ihre Strategie.

»Die dämonische Aufmerksamkeit auf eine Person richten. Guter Plan«, stimmte Paige zu.

»Das sagt ihr so leichtfertig. Ihr seid ja nicht der Köder«, jammerte Filatus.

Piper ging auf seine Bemerkung gar nicht ein. »Du teleportierst uns dorthin. Phoebe und ich halten die Dämonen auf Trab, während du dir das Buch schnappst.«

»Hört sich relativ einfach an«, befand Paige.

Sie griff nach der *Gremoir*-Attrappe – doch der Magier benutzte seinen Zauberstock und ließ das Buch vor Paige zurückweichen. »Wäre ich zu euch gekommen, wenn das so simpel wäre?«, schimpfte Filatus.

Piper erklärte Paige, weshalb das Buch ausgewichen war: »Es verhält sich mit der *Gremoir* wie mit dem *Buch der Schatten*, mit dem einzigen Unterschied, dass es sich vor dem Guten schützt.«

Sie überreichte Paige einen Jutesack. »Du wirst das hier brauchen. Wir werden einen Magischen Spruch verwenden, sodass Filatus die *Gremoir* festhalten kann.«

»Ganz egal was du tust, berühre auf keinen Fall das Buch. Denn wenn das Buch merkt, dass es angegriffen wird, alarmiert es sofort die *Quelle*«, warnte der Zauberer.

»Also, hineinteleportieren ... und nichts anfassen. Ich habe begriffen«, rekapitulierte Paige.

»Jetzt müssen wir nur noch herausbekommen, wie wir ...« Doch Piper brauchte den Satz gar nicht zu Ende zu führen, da Phoebe gerade durch die Tür trat.

Phoebe war auf der Suche nach ihrer Schwester Piper in die Küche gegangen. Noch bevor ihre Schwestern sie zurückhalten konnten, griff sie das Trugbild des Schwarzen Priesters mit seitlichem Fußtritt an und – landete etwas unsanft auf dem Küchentisch.

In der Sekunde, in der sie das Abbild des Priesters berührt hatte, löste sich die gesamte Illusion in Luft auf.

Phoebe rieb sich das schmerzende Hinterteil, mit dem sie unfreiwillig gebremst hatte.

Verwirrt sah sie sich um.

Alles war wieder ganz normal. Der Kühlschrank, der Herd, alles war wieder an seinem Platz.

»Ich kann so nicht arbeiten!«, polterte Filatus, den die Störung sichtlich nervte.

Piper und Paige eilten sofort zu Phoebe, um ihr aufzuhelfen.

Phoebe runzelte erstaunt die Stirn und sah ihre Schwestern fragend an. »Was ist denn hier los?«

Piper stellte Phoebe den ungebetenen Hausgast vor. »Dies ist der Magier Filatus und das war eine seiner Illusionen.«

Phoebe hatte in ihrem Job als Weiße Hexe ja schon einiges erlebt, aber das war neu.

Der Magier machte einen gestressten Eindruck und setzte sich an den Frühstückstisch.

Da er etwas verspannt war, klopfte er mit seinem Stab

auf den Boden und genehmigte sich einen Krug kühles Bier und zwei Mädels. Die eine massierte ihm den Nacken, die andere setzte sich auf seinen Schoß.

Phoebe sah den Spuk und meinte nur knapp: »Sind seine Illusionen immer so sexistisch?«

Piper fand das Gehabe des Zauberers ziemlich abstoßend. »Kümmere dich nicht darum. Er führt sich schon den ganzen Tag wie ein Flegel auf.«

Paige ging auf Phoebe zu und senkte schuldbewusst den Blick. »Nicht, dass ich nicht froh bin, dich zu sehen. Ich habe nur nicht damit gerechnet, dass du herkommst – nach unserem Streit.«

»Ich habe nicht vor, deswegen meine Pflichten als Hexe zu vernachlässigen«, erklärte Phoebe knapp.

»Was ist mit der Sache ... über die wir gesprochen haben?«, wollte Paige wissen.

Phoebe wollte jetzt nicht darüber diskutieren. »Ich liebe Cole und ich vertraue ihm, auch wenn ihr es nicht tut. Aber darüber sprechen wir später. Ich bin hergekommen, um euch und diesem ›Merlin‹ zu helfen.«

Der Zauberer war über diesen Vergleich äußerst ungehalten.

»Ich darf doch höflichst bitten, meine Damen«, schimpfte Filatus beleidigt. »Merlin war ein maßlos überschätzter Wichtigtuer. Ist das etwa der einzige Zauberer, von dem ihr jemals gehört habt?«

Paige fiel noch einer ein: »Zählt Harry Potter?«

Filatus stöhnte auf. Das war ja nicht auszuhalten!

Doch Piper hatte jetzt endgültig genug von seinen Eskapaden.

Und das auch noch in ihrer Küche.

Gebratene Truthähne hier, weibliche Groupies dort.

Es reichte!

»Du kannst mit deiner Selbstbeweihräucherung weitermachen, wenn der Job hier erledigt ist.«

»Ihr gönnt mir aber auch gar nichts«, maulte Filatus.

Er pochte mit dem Stab auf den Boden – und die Gespielinnen lösten sich in Luft auf.

Langsam ging er auf Phoebe zu, die auf dem Küchentisch saß und sah ihr tief in die Augen.

»Das ist doch kein Leben! Illusionen sind für mich genauso hohl und nichtig wie für euch. Sie sind bloß ein armseliger Ersatz und eine kleine Erinnerung an die alten Zeiten, als die Welt noch voll war von Zauberern, Freunden … und Familie.«

Traurig sah er die drei jungen Frauen an. »Es ist alles bedeutungslos, ohne Familie.«

Die Worte des Zauberers machten die drei Schwestern sehr betroffen.

Sie sahen sich gegenseitig an und wussten, dass er Recht hatte.

»Helft mir, die *Quelle* aufzuhalten. Helft mir, zu verhindern, dass er noch weiteres Leid verbreiten kann.«

Cole und der Hohe Priester des Bösen begutachteten zufrieden die letzten Vorbereitungen.

Die schwarzen Rosen waren verteilt, die Fackeln angezündet.

So langsam nahm alles Konturen an für die Krönung des mächtigsten Dämons der Unterwelt.

Die Leibgarde tat ihre Pflicht und bewachte die *Gremoir*.

»Es läuft alles planmäßig. Während wir hier sprechen,

bereiten die anderen Priester bereits die Opfergaben vor«, berichtete der Geistliche der Unterwelt.

»Was ist mit dem Zauberer? Wie wissen wir, dass er nicht noch einen Versuch unternehmen wird, die *Gremoir* zu klauen?«, fragte Cole misstrauisch.

Der Schwarze Priester war zuversichtlich. »Herr, er ist der letzte seiner Art. Ich bezweifle, dass er es riskieren wird, getötet zu werden und damit seine Sippe gänzlich der Vergessenheit zu überlassen.«

Cole war sich jedoch nicht ganz so sicher. »Er hat es schon einmal gewagt.«

Als hätte der Zauberer ihre Worte gehört, sahen sie ihn plötzlich am Eingang zu den Höhlengängen stehen. Er stand lässig an den Felsen gelehnt: »Sprecht ihr etwa über mich?«

Kaum hatte er dies gesagt, gab er auch schon Fersengeld.

Der Schwarze Priester reagierte diesmal sofort.

»Hinterher!«, befahl er den Wachen.

Zwei der Leibwächter nahmen sofort die Verfolgung auf.

Cole kam das Ganze verdächtig vor.

»Irgendetwas stimmte hier nicht ...«, argwöhnte er.

Der Priester war besorgt um das Wohl der zukünftigen *Quelle*.

»Ihr solltet Euch lieber in Sicherheit bringen«, riet er dem Dämon.

Doch Cole erachtete das als unnötig.

In diesem Moment fing in der Nähe der *Gremoir* die Luft an zu schimmern.

Ein blauer Funkenregen wurde sichtbar.

Was sollte das?

Das war doch nicht etwa einer dieser nervigen *Wächter des Lichts* oder gar ...

Cole wollte nicht Risiko eingehen, von den *Zauberhaften* entdeckt zu werden.

Er rief dem Priester noch zu: »Beschützt die *Gremoir*!« Danach verschwand er blitzschnell in einer lodernden Flamme.

Gerade noch rechtzeitig.

Sein Instinkt hatte Cole nicht getrübt.

Es waren seine Frau und ihre zwei Schwestern, die hier materialisierten.

Die *Zauberhaften* griffen ohne Vorwarnung an.

Piper ließ eine der Wachen explodieren, während sie von dem zweiten Leibwächter von hinten attackiert und zu Boden geworfen wurde.

Phoebe kämpfte mit einem weiteren Wächter, den sie dank einiger High Kicks auf Abstand halten konnte.

Paige nutzte die Verwirrung und öffnete den präparierten Sack, um die *Gremoir* mit ihren telekinetischen Kräften hinein zu zaubern.

Doch sie kam nicht dazu.

Der Schwarze Priester versetzte ihr einen derart heftigen telekinetischen Schlag, dass sie im hohen Bogen gegen die Wand krachte.

Benommen blieb sie liegen.

In den unterirdischen Gängen der Höhle rannte Filatus um sein Leben.

Die Wachen waren ihm dicht auf den Fersen.

Gleich würden sie ihn haben.

Sie bogen um eine Kurve – und konnten gerade noch bremsen.

Vor ihnen stand der künftige Herrscher der Unterwelt.

Mit erhobener Hand gebot er ihnen anzuhalten.

Den Wächtern war es sichtlich unangenehm, dem bald mächtigsten aller Dämonen zu widersprechen. »Verzeiht Herr, aber der Zauberer ...«

»Steht direkt hinter euch.« Er deutete hinter sie.

Die beiden Wachleute drehten sich um – und liefen direkt in die zwei spitzen Enden des zur Waffe geteilten Stocks des Zauberers.

Sie starben schnell.

Filatus sah Cole in die Augen und richtete seine Waffe auf den Hals seines Gegners.

Der Zauberer genoss den Augenblick.

Doch dann zuckte er enttäuscht mit den Achseln.

»Wenn du doch nur echt wärst«, seufzte er und ließ das Trugbild vor ihm verlöschen.

Piper und Phoebe kämpften wie besessen.

Phoebe verpasste dem Schwarzen Priester einen saftigen Fußtritt.

Piper sah, dass der Mistkerl genau in ihrer Schusslinie war – und jagte ihn in die Luft.

Voller Zorn schleuderte ein anderer Wächter einen Energieball auf Piper.

Sie wich aus – und ließ ihn ebenfalls explodieren.

Paige war bei dem Gefecht der präparierte Sack aus der Hand gefallen.

Dort lag er.

Nur drei Meter von ihr entfernt.

Sie robbte darauf zu und bemerkte nicht, wie der Wächter hinter ihr wieder auf die Füße kam.

Er formte einen tödlichen Energieball und holte aus, um ihn auf die junge Hexe zu schleudern.

Phoebe sah, in welcher Gefahr sich Paige befand, und schrie: »Paige! Pass auf!«

Phoebe riss instinktiv ihre Hand hoch – und vernichtete den Dämon mit einem gewaltigen Feuerstoß.

Die Flammen schossen aus ihrer Hand, wie aus einem Flammenwerfer.

Gleißend, gelb und tödlich.

Piper und Paige waren fassungslos.

»Was war das?«, rief Piper bestürzt.

Die Flamme erstarb.

Phoebe blickte verstört auf ihre Hände.

»Ich habe keine Ahnung«, stammelte sie.

Das bedeutete nichts Gutes.

Piper bekam es mit der Angst zu tun.

Doch darum konnten sie sich im Moment nicht kümmern.

Sie sahen Filatus herbeieilen.

»Auf was wartet ihr denn noch? Beeilt euch!«, rief er ihnen hastig zu.

Paige öffnete den Sack, streckte ihre Hand aus, sprach die Formel – und teleportierte somit die *Gremoir* in den Beutel.

»Ich habe sie!«, schrie sie.

»Und jetzt nichts wie weg hier«, drängte der Magier und verschwand.

Die Halliwell-Hexen eilten zu Paige, fassten sie an der Hand – und entmaterialisierten in einem blauen Funkenregen.

Geschafft.

7

Es brauchte nur einen Gedanken von Paige und die drei Schwestern waren auch schon wieder im Wohnzimmer des Halliwell-Hauses angekommen.

Ihre Teleportationskräfte wurden immer mächtiger.

Filatus war auch schon da und tanzte vor Begeisterung umher wie ein kleiner Derwisch.

Er konnte sich kaum halten vor Freude.

»Wir haben es geschafft!«, jubelte er lauthals.

Doch Piper dachte bereits weiter.

»Und nun werden wir das Buch zerstören«, erklärte sie dem Magier.

»Holst du bitte das *Buch der Schatten*? Wir werden einige magische Tinkturen brauchen«, bat sie Paige.

Ihre Schwester warf den Sack mit der *Gremoir* auf den Beistelltisch und lief los, um das Buch der weißen Magie vom Dachboden zu holen.

Der Magier traute seinen Ohren nicht: »Moment mal. Habe ich gerade richtig gehört? Ihr wollt es zerstören? Aber es könnte doch sein, dass wir es noch brauchen.«

Piper sah ihn erstaunt an. »Für was denn bitte? Es ist böse.«

Sie sah, dass Phoebe immer noch kreidebleich um die Nase war.

Liebevoll fragte sie ihre kleine Schwester: »Willst du dich nicht lieber hinsetzen?«

Phoebe winkte ab. »Nein danke, ich glaube ich gehe besser nach Hause.«

»Aber das hier ist ebenfalls dein Zuhause«, bot ihr Piper an.

Phoebe lächelte ihre große Schwester matt an. »Ich weiß, aber ich fühle mich nicht besonders gut.«

Sie sah erschüttert auf ihre Hände. »Es fühlte sich beängstigend an. Gar nicht gut.«

»Das ist wahrscheinlich nur, weil es vollkommen neu für dich ist. Deine Kräfte haben sich möglicherweise nur verstärkt.« Piper wusste, wie Phoebe sich jetzt fühlte. Vor nicht allzu langer Zeit hatte sie am eigenen Leib erfahren müssen, wie schwer es war, mit einer neuen Kraft umzugehen.

Doch Phoebe spürte, dass etwas mit ihr nicht stimmte. »Das kann keine Verstärkung meiner magischen Kräfte sein. Ich habe die Macht, in die Zukunft zu sehen. Das ist meine Gabe, nichts anderes.«

Es war wirklich beängstigend.

Piper atmete tief ein.

Phoebe hatte Recht und das wusste sie genau.

Filatus wurde ungeduldig. »Könnten wir bitte wieder auf die *Gremoir* zurückkommen?«, zischte er.

Piper sah ihn verärgert an. »Nein!«

Damit er nicht weiter stören konnte, ließ sie ihn kurzerhand erstarren.

Es ging hier schließlich um ihre Schwester! Und da war die *Gremoir* wohl zweitrangig.

Phoebe war total verstört.

Erst die Nachricht, dass sie schwanger war, dann der Streit mit Paige über Cole und jetzt auch noch das.

Wie sollte sie das alles verkraften?

Piper blickte ihrer jüngeren Schwester besorgt nach, als sie aus dem Haus lief.

8

Nachdem er den Felsendom verlassen hatte, war Cole direkt in die Wohnung zurückgekehrt.

Er stand vor der Glastüre, die auf die großzügige Dachterrasse des luxuriösen Penthauses führte.

Cole sah durch das Fenster auf das nächtliche San Francisco. Doch für die Schönheit des Ausblicks, den er von hier oben genießen konnte, hatte er im Moment überhaupt keinen Sinn.

Der Dämon kochte innerlich vor Wut.

Er musste Dampf ablassen – und schlug mit bloßer Faust ein Fenster ein.

Doch danach fühlte er sich auch nicht besser.

Ungerührt sah er zu, wie seine blutende Hand von selbst wieder heilte.

Er blickte gen Himmel und stieß einen Schrei der Verzweiflung aus.

In diesem Moment materialisierte seine dämonische Assistentin Julie hinter ihm. »Was ist los mit Ihnen? Was ist passiert?«, fragte sie ihn fürsorglich.

Das war ja wohl eine bodenlose Unverschämtheit.

Was fiel dieser Person eigentlich ein, um diese Uhrzeit unangemeldet einfach in seiner Wohnung zu erscheinen? Hatte sie überhaupt keinen Respekt vor seiner Privatsphäre?

Cole drehte sich zu Julie um und fragte sie ungehalten »Was um alles in der Welt tun Sie hier?«

Julie sah ihn bekümmert an. »Ich habe Ihren Schmerz gefühlt und mir Sorgen gemacht ...«

Zynisch stellte er fest: »Sie haben auch allen Grund dazu. Die *Gremoir* wurde gestohlen.«

»Ich weiß«, antwortete Julie seufzend.

Cole stutzte. »Sie wissen es schon? Wie können Sie davon wissen? Haben Sie mir etwa hinterher spioniert?«

»Natürlich nicht ...«, verteidigte sich die verführerische Blondine.

Cole hatte jetzt keinen Nerv für Spielchen und fasste sie unsanft am Arm. »Dann sagen Sie mir, woher Sie davon wissen.«

»Von mir«, erklang eine Stimme, die Cole nur zu gut kannte. In diesem Augenblick materialisierte vor ihnen die Seherin. »Ich habe es ihr erzählt«, konstatierte sie selbstgefällig.

»Seherin, bist du das?« Cole hatte ja mit allem gerechnet, aber nicht damit, dass diese intrigante Magierin etwas mit seiner Assistentin zu schaffen hatte. Gänzlich verwirrt fragte er sie: »Wenn du vorausgesehen hast, dass die *Gremoir* gestohlen würde, warum hast du mich nicht vorher gewarnt und ...?«

Die Seherin ließ ihn nicht aussprechen. »Die *Gremoir* wiederzubekommen, ist nicht unser vorrangigstes Problem. Den Menschen Cole in dir zu unterdrücken, ist im Moment von weitaus größerer Bedeutung«, erklärte sie.

»Das habe ich vollkommen unter Kontrolle«, behauptete Cole.

»Kaum. Deine Leibgarde ist geschwächt und du bist dadurch angreifbar geworden«, erklärte sie provozierend.

Julie witterte ihre Chance und bat die Seherin inständig. »Lassen Sie es mich noch einmal versuchen.«

»Was hast du vor?« Cole begriff langsam, was hier gespielt wurde. »Du steckst mit ihr unter einer Decke und versuchst mich zu manipulieren?!«

Die Seherin hob wissend ihre Augenbraue und sah ihn viel sagend an.

Julie ging auf Cole zu. »Nein, um Sie zu retten – uns zu retten.«

Cole sah sie angewidert an. »Uns? Es gibt kein ›uns‹!«

Er liebte Phoebe und das würde auch so bleiben. Egal wie sehr sich diese Blondine auch bemühte ihn davon zu überzeugen, dass sie die bessere Gefährtin für ihn sei.

Doch Julie ließ nicht locker. »Es könnte aber ein ›uns‹ geben. Dann wären Sie auch endlich von Ihrem inneren Kampf befreit. Sie könnten regieren, ohne dass die Liebe zu dieser Hexe Sie zurückhalten würde.«

Cole wandte sich ab und sah die Seherin wütend an. »Das ist dein Werk? Habt ihr beide wirklich geglaubt, dass ich darauf reinfallen würde?«

Die Seherin wollte das mit Cole alleine klären und befahl Julie in gebieterischem Ton: »Geh! Und zwar sofort!«

Julie sah Cole noch einen Moment wehmütig an, doch sie musste sich dem Willen der Seherin beugen – und löste sich in Luft auf.

Cole lachte sarkastisch ob des Spielchens, welches die beiden Damen hier trieben.

»Ich kann nicht glauben, dass du mich dazu gebracht hast, eine dämonische Verführerin zu engagieren«, tobte Cole.

Die Seherin sah ihn lange und prüfend an. »Ich befürchtete, dass der Einfluss, den das Baby auf deine menschliche Seite hat, dich zur Gegenseite überlaufen lassen würde.«

»... und hofftest, dass ich bei Julie schwach werden würde ...?«

Allein der Gedanke war für Phoebes frisch angetrauten Ehemann absurd.

»Ich hoffte, dass du zur Besinnung kommst, bevor es zu spät ist, aber ich habe mich nicht darauf verlassen.« Die Seherin blickte ihn streng an. »Es geht hier nicht alleine um dich. Du hast es mir zu verdanken, dass du zu dieser Größe aufgestiegen bist, und ich werde es nicht zulassen, dass du jetzt alles verdirbst.«

Die Teufelin ging langsam auf den Dämon zu. »Nur durch die Macht der *Quelle* in dir bist du vor den Kräften der Halliwell-Hexen gefeit. Sollte Coles Liebe aber noch weiter wachsen, wird deine menschliche Seite die Oberhand gewinnen und deine dunkle Seite und sogar die Macht der *Quelle* besiegen. Du würdest alles verlieren. Den Thron, deine Frau, deinen Sohn ...«

Sie sah ihm tief in die Augen.

Pling!

Der Aufzug war gerade oben angekommen.

Auf keinen Fall durfte Phoebe die Seherin hier sehen.

In der allerletzten Sekunde verschwand sie.

Phoebe sah abgekämpft aus.

»Cole ...«, sprach sie ihren Mann an.

Doch Cole reagierte zunächst nicht.

Die Worte der Seherin hatten ihn zu sehr mitgenommen.

»Hallo, mein Schatz!«, lächelte sie ihn an.

Sie sah das zerbrochene Fenster und fragte ihn besorgt: »Was ist passiert?«

Cole erwachte aus seiner Versenkung.

»Ach das ...« Er deutete auf die Glastüre. »... war ein Unfall.«

»Hat alles geklappt – was du mit deinen Schwestern zu erledigen hattest?«, stotterte er.

»Ja. Wir haben bekommen, was wir wollten«, erzählte sie beiläufig.

»Glückwunsch«, gratulierte Cole ihr mit einem müden Lächeln.

»Ich glaube aber, dass etwas passiert ist«, fuhr Phoebe fort.

Cole erblasste. »Stimmt etwas nicht mit dem Kind ...?«

»Nein, das Baby ist in Ordnung«, beruhigte sie ihren Mann. Dann sah sie ihn angsterfüllt an: »Cole, aus meiner Hand kam Feuer. Ich habe einen Dämon damit getötet. Ich kann es nicht genau beschreiben, es fühlte sich nicht besonders gut an. Fast ... dämonisch.«

Phoebe war sehr mitgenommen deswegen.

Cole spürte es und nahm sie tröstend in den Arm.

»Das kann gar nicht sein. Du bist die süßeste, liebevollste Person, die es gibt. Da ist noch nicht einmal ein schlechtes Haar an dir und das weißt du auch.«

Phoebe fühlte seine Liebe. Die Umarmung tat ihr so gut – doch plötzlich durchzuckte sie eine Vision.

Sie sah, wie Cole durch eine Stichflamme heraus vor Paige materialisierte. Im zweiten Bild schleuderte er ein Schwert auf einen dieser Leibwächter und köpfte ihn damit. Das dritte Bild zeigte, wie Cole auf einem Thron saß und ganz dicht neben ihm die Seherin stand. Das vierte Bild war für Phoebe das schlimmste. Sie sah ihren geliebten Cole, wie er mit hasserfülltem Gesicht einen Feuerball auf ihre Schwester Paige katapultierte.

Es war grauenvoll.

Das durfte einfach nicht sein!

Doch aus eigener Erfahrung wusste sie zu gut, dass ihre Visionen immer die Wahrheit zeigten – ohne Ausnahme.

»Oh mein Gott!«, rief sie aufgewühlt.

Sie befreite sich aus seiner Umarmung und rannte fluchtartig zum Aufzug.

Cole ahnte zwar, dass sie eine Vision gehabt hatte, konnte ihr Verhalten aber nicht deuten. »Phoebe! Was ist denn?«

Doch Phoebe hielt ihm abwehrend ihre Hand entgegen: »Bleib weg von mir!«

Er versuchte sie noch zu erreichen, doch sie war schon im Fahrstuhl.

»Was hast du denn gesehen?«, rief er ihr hinterher, als sich die Aufzugstüre schloss.

Was hatte sie denn gesehen?

9

IM HAUSE DER HALLIWELLS VERSUCHTEN unterdessen Piper und Paige mit allen magischen Tinkturen, die sie auftreiben konnten, die *Gremoir* zu vernichten.

Es war einfach unglaublich!

Keine einzige der sonst so wirkungsvollen Mixturen konnte das Buch auch nur ansatzweise beschädigen.

In ihrer Verzweiflung hatten es die Schwestern sogar mit Domestos und Brennspiritus versucht! Piper wiegte ein Fläschchen mit einer roten Flüssigkeit in ihrer Hand.

Wenn das jetzt keine Wirkung zeigte, dann wusste sie auch nicht mehr weiter.

Sie stellte sich neben Paige, holte aus und schleuderte das Fläschchen auf die *Gremoir*.

Die beiden jungen Frauen gingen vorsichtshalber in Deckung.

Die Flasche traf das Buch, eine kleine Flamme entzündete sich – und verlöschte wieder.

Nichts.

Wie konnte das möglich sein?

Das Buch lag vollkommen unversehrt auf dem Boden. Es hatte nicht einmal den kleinsten Kratzer abbekommen.

Mittlerweile wurde der Berg aus zerborstenen Glasflaschen um das Buch herum immer größer.

Piper hob ratlos die Hände. »Das war die stärkste Mixtur, die ich hatte. Jetzt weiß ich auch nicht mehr weiter.«

Filatus verlor langsam die Geduld. »Ich sage euch schon die ganze Zeit, was ihr damit tun sollt. Behaltet es.«

Piper warf ihm einen zornigen Blick zu.

Paige war nicht so ganz bei der Sache. Sie machte sich große Sorgen um ihre ältere Schwester.

»Ich finde, wir sollten zu Phoebe gehen und schauen, wie es ihr geht. Sie sah gar nicht gut aus.«

Piper wusste, dass sie Recht hatte, doch mussten sie hier erst noch etwas erledigen. »Wir gehen sofort zu ihr, nachdem wir dieses verdammte Buch zerstört haben.«

»Ich bin immer noch der Meinung, dass ihr übereilt handelt. Die *Gremoir* könnte uns große Zauberkräfte verleihen«, gab Filatus zu bedenken.

Doch Paige lehnte erneut ab: »Wir haben unsere eigenen Kräfte und wir brauchen definitiv keine dämonischen Extras.«

In diesem Moment hörten sie die Eingangstüre ins Schloss schnappen.

Es war Phoebe.

Man konnte ihr deutlich ansehen, dass sie mit ihren Nerven am Ende war.

Piper sah Phoebe erstaunt an. »Was ist los?«, wollte sie wissen.

Phoebe ging zielstrebig ins Wohnzimmer. »Ich muss dringend mit euch beiden sprechen.«

Piper und Paige folgten ihr besorgt.

Der Zauberer sah sehnsüchtig auf die *Gremoir*.

Piper drehte sich noch einmal zu dem Zauberer um. Sie traute diesem Kerl einfach nicht. »Du bleibst dort, wo ich dich genau sehen kann!«, befahl sie ihm.

Filatus maulte wie ein Kind, dem verboten wurde, von den Plätzchen zu nehmen, die vor ihm auf dem Tisch standen.

Piper sah, wie er beleidigt in den Wintergarten schlurfte und sich auf die weiße Rattanbank setzte.

Sie blieb im Türrahmen stehen, um ihn gut im Auge behalten zu können.

Phoebe ließ sich auf einen Wohnzimmersessel sinken.

Paige eilte zu ihr und versuchte sie zu beruhigen. »Was immer es auch sein mag, es wird alles wieder gut.«

»Nein, wird es nicht. Ich hatte eine Vision und – du hattest Recht – Cole ist ein Dämon«, entgegnete Phoebe verzweifelt.

Paige sah sie liebevoll an. »Oh nein. Du weißt, es ging mir nicht darum, Recht zu haben. Ich wünschte, ich hätte mich geirrt.«

Piper vergaß den Zauberer für einen Moment und ging auf ihre kleine Schwester zu. »Was genau hast du gesehen?«

»Alles. Ich sah, wie er tötete, Feuerbälle warf, mit Dämonen zusammenarbeitete ...« Mutlos vergrub sie ihr Gesicht zwischen ihren Händen. »Cole ist ein Dämon.«

Piper seufzte. Sie hätte ihre kleine Schwester so gerne vor diesem Kummer bewahrt.

Filatus lief indes unruhig umher. »Warum dauert das so lange?«

Piper konnte die Taktlosigkeit dieser Nervensäge nicht fassen. »Halt gefälligst den Mund!«, rief sie ihm zu.

Phoebe gestikulierte hilflos mit den Händen. »Ich erwarte ein Kind ... ich habe diese neue Kraft. Wie soll ich mit all dem fertig werden?«, schluchzte sie.

»Du bist nicht alleine. Du hast doch uns«, tröstete Paige sie.

In diesem Moment erschien der vertraute Funkenregen und Leo traf ein. Nervös blickte er sich im Raum um.

»Wir haben ein riesiges Problem. Wo ist der Zauberer?«, fragte er gehetzt.

Piper deutete in den Wintergarten: »Dort drüben. Aber wir haben ein weitaus wichtigeres Problem hier!«

Leo sah seine Frau fragend an.

»Cole. Und zwar Cole den Dämon«, sagte Piper leise.

Leo sah, wie Phoebe zusammengekauert in dem Wohnzimmersessel saß. Er hätte seine Schwägerin am liebsten in den Arm genommen und ihr die Schmerzen genommen – doch das stand leider nicht in seiner Macht.

»Was wolltest du uns über den Zauberer sagen?«, wollte Piper von Leo wissen.

Leo fragte Phoebe behutsam: »Können wir dir das im Moment zumuten?«

»Habe ich eine andere Wahl?«, fragte Phoebe mutlos zurück.

Und prompt meldete sich Filatus wieder zu Wort. »Warum dauert das so lange?« Doch Piper achtete nicht weiter auf ihn.

»Der Rat der Ältesten sagt, dass einige Zauberer böse sind. Und falls Filatus böse ist«, er deutete mit seinem Daumen auf den Magier, »haben wir gewaltigen Ärger am Hals.«

»Ich wusste es! Er will die *Gremoir* für sich selbst«, schimpfte Piper.

Sie ärgerte sich maßlos darüber, dass sie diesem Wicht geglaubt hatte.

»Aller Wahrscheinlichkeit nach gibt es in der *Gremoir* einen Spruch, mit der eine Waffe so mächtig wird, dass damit die *Quelle* getötet werden kann«, erklärte Leo.

»Ist das nicht gut für uns?«, fragte Paige verwirrt.

»Absolut nicht. Denn derjenige, der die *Quelle* tötet,

wird selbst zur *Quelle* und hätte zudem die Macht, seine Leute wieder auferstehen zu lassen«, fuhr Leo fort.

Filatus meldete sich schon wieder. Wie eine defekte Schallplatte kam dieselbe Frage von vorhin. »Warum dauert das so lange?« Dann ging er wieder zur Bank und setzte sich auf den Platz, auf dem er vorher schon gesessen hatte.

Piper fiel es wie Schuppen von den Augen!

»Moment!« Außer sich vor Wut lief sie auf den Zauberer zu. Leo, Phoebe und Paige folgten ihr.

Der Zauberer stand wieder auf, ohne die herannahenden Schwestern auch nur anzusehen.

»Ich fasse es nicht! Wir haben uns von diesem widerlichen Möchtegernzauberer benutzen lassen«, fluchte Piper.

Sie hob die Hände und ließ ihn explodieren. Und – wie sie es nicht anders erwartet hatte – löste er sich mit einem grellen Licht einfach in Luft auf – und mit ihm die *Gremoir*!

»Eine weitere Illusion?«, fragte Paige.

»Du hast es erfasst. Er hat die ganze Zeit nur auf eine Gelegenheit gewartet, sich das Buch zu schnappen.«

Jetzt schaltete sich Leo wieder ein. »Wir müssen es zurückholen – und zwar schnell.«

»Wie?«, wollte Phoebe wissen.

»Wir müssen eben wieder in die Unterwelt«, stellte Piper fest.

»Und wo sollen wir suchen? Ohne die Hilfe des Zauberers hätten wir noch nicht einmal den Ort gefunden, an dem die Krönungszeremonie stattfinden soll«, gab Paige zu bedenken.

»Und wenn wir einen Spruch verwenden, um ihn herzurufen?«, schlug Phoebe vor.

Doch Piper wusste es besser: »Dafür bräuchten wir aber sein Blut.«

Paige hatte eine Idee. »Kann uns Cole nicht helfen?«

Sie merkte, dass Phoebe den Gedanken nicht sehr passend fand. »Ich dachte nur ... vielleicht kennt er jemanden, der etwas wissen könnte. Schließlich ist er wieder ein Dämon ...«, versuchte sie ihre Idee doch noch zu verkaufen.

»Schlag dir das aus dem Kopf. Ich kann im Moment noch nicht einmal an Cole denken, geschweige denn mit ihm sprechen«, lehnte Phoebe kategorisch ab.

Paige fand ihre Idee jedoch gar nicht so abwegig. »Wir könnten dich ja begleiten und dir den Rücken freihalten.«

Phoebe stand immer noch unter Schock.

Fast apathisch setzte sie sich auf den Rattansessel im Wintergarten.

Piper sah Paige nach, dass sie als neu hinzugezogene Halbschwester nicht wissen konnte, was Phoebe mit Cole schon alles durchgemacht hatte und deshalb nicht begreifen konnte, wie tief Phoebes Schmerz saß.

Außerdem wollte Piper ihre kleine Schwester nicht unnötig belasten und unterbrach Paige. »Das können wir im Moment nicht von ihr erwarten.«

»Ich weiß, aber wir haben keine andere Wahl. Heute Nacht findet die Krönungszeremonie der neuen *Quelle* statt, wenn wir sie nicht aufhalten.«

Die drei Schwestern sahen sich nachdenklich an.

Phoebe wusste, dass Paige leider Recht hatte.

Es war ihre einzige Chance.

Die Bürde, eine der *Zauberhaften* zu sein, war manchmal extrem schwer zu tragen.

10

DIE VORBEREITUNGEN FÜR DIE Krönungszeremonie der neuen *Quelle* gingen trotz der fehlenden *Gremoir* weiter.

Zwei neue Leibwächter ersetzten ihre getöteten Vorgänger.

Sie hielten am Eingang des Felsendoms Wache, während ein neuer dämonischer Hohe Priester Cole den schwarzen Umhang zur Anprobe anlegte.

Der Würdenträger der Unterwelt sah deutlich Coles innere Zerrissenheit. »Wie fühlt es sich an?«

»Schwer.«

Cole meinte damit nicht nur das Gewicht des Umhangs.

Der Priester warf der Seherin einen fragenden Blick zu.

Als er sich entfernte, um die rituellen Gewänder für die Zeremonie zu holen, trat die Seherin an Cole heran.

»Konzentriere dich«, raunte sie ihm zu.

»Wozu das Ganze? Wir haben noch nicht einmal die *Gremoir*«, flüsterte Cole verärgert.

»Wir werden sie bald wieder haben. Aber in der Zwischenzeit darfst du dir nichts anmerken lassen«, befahl sie ihm mit gedämpfter Stimme. Die umstehenden Wächter und Altardienerinnen und vor allem der Priester sollten nichts von Coles Unsicherheit mitbekommen.

»Aber was ist mit Phoebe?«, wollte er wissen.

»Sie ist im Moment für dich nicht von Interesse«, wies ihn die Meisterin der Manipulation zurecht.

»Aber sie weiß, dass ich ein Dämon bin«, fluchte er.

Die Seherin beschwichtigte ihren Günstling: »Sie wird sich schon wieder beruhigen.«

Der Priester wollte Cole den zeremoniellen Schal über die Schulter legen, doch dieser gebot ihm, damit zu warten und entledigte sich des schweren Umhangs.

Die umstehenden Altargehilfinnen sahen ihn verstört an, als sie die heilige Robe vom Boden aufhoben.

»Ich kann das nicht machen. Ich muss erst Phoebe finden«, wies er die Seherin zurück.

Sie sah ihn streng an. »Willst du etwa riskieren, dass dich der Zauberer findet? Er würde dich ohne Zögern töten und deinen Thron übernehmen.«

Doch das beeindruckte Cole wenig. »Er kann ihn haben«, winkte er ab.

Er ging ein paar Schritte zurück und wollte sich entfernen, als ihn die Seherin zurückhielt. »Und was bitte soll dein Tod bringen? Glaubst du wirklich, dass du damit erreichst, was du ersehnst?« Langsam ging sie auf ihn zu. »Falls der Verlust der Hexe dir deine Willenskraft genommen hat, dann werde ich sie zurückholen – so oder so.«

»Was meinst du damit?«, fragte Cole beunruhigt.

Doch anstatt eine Antwort zu geben, entmaterialisierte sie.

Cole wusste nicht, was er davon halten sollte.

Phoebe, Piper, Leo und Paige suchten Cole in ihrer gemeinsamen Wohnung. Nachdem sie ihn nirgends gefunden hatten, kamen sie ins Wohnzimmer zurück.

»Irgendetwas gefunden?«, fragte Leo.

»Nein. Er ist nicht hier«, antwortete Phoebe.

»Hast du schon in seinem Büro nachgefragt?«, wollte Paige wissen.

Phoebe sah sie an und überlegte. »Ich bezweifle mittlerweile, dass er überhaupt ein Büro hat.«

In diesem Moment materialisierte Julie vor ihnen und ging auf sie zu. »Doch, hat er«, erklärte sie lakonisch.

Piper wunderte sich, was dieser blonde Dämon hier machte. »Wer bist du?«

Phoebe hatte dieser Assistentin von Anfang an nicht über den Weg getraut. »Ich weiß, wer sie ist. Wo ist Cole?«

Die Verführerin sah ihre Rivalin herausfordernd an. »In Sicherheit – vor dir!«

Paige wollte ihrer Schwester zu Hilfe eilen: »Soll ich ihr eine runterhauen oder willst du es selbst tun?«

Phoebe ging nicht auf Paiges Bemerkung ein.

Die beiden Frauen sahen sich abschätzend an.

»Ich hätte es von Anfang an wissen müssen«, knurrte Phoebe.

»Du hättest ihn beinahe ruiniert. Du machtest ihn bemitleidenswert, schwach und gut.« Bei dem letzten Wort verzog Julie angewidert das Gesicht.

»Du hast ein Problem damit?«, fragte Phoebe sarkastisch.

»Sogar ein großes Problem«, gab Julie zurück.

Piper wurde langsam unruhig. Sie brachte Paige und Leo aus der Schusslinie.

Phoebe und Julie umkreisten sich wie zwei Raubkatzen.

»Du hast nur zu einem Zweck gedient – ihm ein Kind zu gebären. Aber jetzt schadest du ihm und das kann ich nicht zulassen«, zischte Julie.

»Ach nein?« Phoebe hielt ihrem Blick stand.

»Nein!« Julie produzierte einen Energieball, holte aus und schleuderte ihn auf Phoebe.

Doch Phoebe hatte das kommen sehen und wich dem Geschoss problemlos aus.

Leo, Piper und Paige sahen sich mit besorgten Blicken an.

»Ich wusste, dass sie eine Schlampe ist, aber nicht, dass sie auch eine Dämonin ist«, murmelte Paige.

Doch Phoebe nahm die Herausforderung an. »Dieses Spiel kann man zu zweit spielen.« Sie streckte ihr die offene Handfläche entgegen und warf einen gewaltigen Feuerstrahl auf ihre Gegnerin.

Julie wich ebenfalls geschickt aus.

»Okay. Jetzt ist es genug«, stellte Piper fest und wollte dazwischengehen, um ihre Schwester zu beschützen. Sie hob ihre Hände, um die Dämonin in die Luft zu jagen, doch Phoebe wehrte ab.

»Halt dich da raus. Das ist mein Kampf!«, befahl sie ihrer älteren Schwester.

Phoebe warf erneut Flammen auf Coles Assistentin und Julie konterte mit einem Energieball. Piper, Paige und Leo blieb nichts anderes übrig, als in Deckung zu gehen.

Obwohl Phoebe von dem Energieball getroffen wurde, blieb sie vollkommen unverletzt.

Sie hatte jetzt endgültig die Nase voll.

Völlig in Rage lieferte sie ihrer Feindin ein Dauerbombardement. Dann verwandelten sich ihre Arme in tödliche Flammenzungen, mit denen sie Julie in die Zange nahm. Langsam zog sie die feurige Schlinge zu und vernichtete ihre verzweifelt kreischende Rivalin.

»Miststück!«, fauchte ihr Phoebe hinterher.

Sie atmete schwer.

Ihr Blut schien im Moment aus purem Adrenalin zu bestehen. Befriedigt sah sie auf den Brandfleck an der Wand.

Coles dämonische Assistentin war Geschichte.

Paige sah ihre ältere Schwester argwöhnisch an. »Du machst uns Angst!«

Phoebe drehte sich zu ihr um und schaute sie an, als wäre nichts geschehen. »Was meinst du?«

Leo sprach aus, was die Schwestern dachten. »›Flammen werfen‹ gehört zu den Kräften, die nur hochrangige Dämonen haben.«

Phoebe begriff, was Leo damit sagte und sah ihre Schwestern furchtvoll an: »Was geschieht hier mit mir?«

Einen Augenblick später wurde Phoebe von einer übernatürlichen Kraft erfasst und entmaterialisierte in einer Stichflamme.

Piper, Leo und Paige waren vor Entsetzen wie gelähmt.

Phoebe materialisierte in der Höhle der Seherin.

Sie schwankte.

Vorsichtig sah sie sich um.

Die Seherin stand vor ihr und reichte ihr die Hand. »Atme tief durch.«

Phoebe wich erschrocken zurück.

»Wie ... wie bin ich hierher gekommen?«, stammelte sie.

»Durch Magie. Schwarze Magie«, erklärte die dämonische Intrigantin. Sie kam immer näher.

»Komm mir nicht zu nahe«, rief Phoebe verängstigt.

»Versuch doch mich aufzuhalten«, provozierte die Seherin die junge Frau.

Phoebe fiel ein, dass sie über eine neue Kraft verfügte. Sie hob ihre Hand – und Flammen schossen heraus auf die Seherin.

Doch die Seherin blieb vollkommen unbeeindruckt davon. Die Flammen konnten sie nicht verletzen.

Unverwandt lächelte sie Phoebe mit ihrem dämonischen Grinsen an.

»Fühlt sich gut an, nicht wahr? Oder, um präzise zu sein – böse!«, fragte sie Phoebe hämisch.

»Was willst du von mir? Was hast du mit mir gemacht?«, erwiderte Phoebe.

»Was ich getan habe, ist unwichtig. Was deine Aufgabe ist, ist wichtig. Dein Mann braucht dich an seiner Seite.«

Phoebe sah sie erstaunt an: »Ich verstehe nicht.«

»Ich glaube schon, dass du es verstehst. Du und ich haben die gleiche Gabe, wir können beide die Wahrheit spüren. Von dem Moment an, als Cole die Macht der *Quelle* aufnahm, um dich zu retten, spürtest du, dass etwas anders war. Etwas, das ihn für immer verändert hat. Fühle in dich hinein! Du kennst die Wahrheit ...«, drängte die Seherin.

Phoebe begriff langsam: »Cole ... ist die *Quelle*?«

»Das stimmt. Und er braucht deine Hilfe, wenn er überleben will – er braucht deine Liebe.« Die Seherin sah ihr tief in die Augen. »Du kannst dich nicht länger vor der Wahrheit verschließen. Das Band zwischen einer Mutter und ihrem Kind ist zu stark. Hör auf deinen Körper. Hör auf deinen ungeborenen Sohn.«

Phoebe war überwältigt von ihren Gefühlen. Unwillkürlich legte sie ihre Hand auf ihren Bauch.

Die Seherin wusste genau, was mit Phoebe vor sich ging. »Er kommt nach seinem Vater.«

»Sein Vater hat mich angelogen«, klagte Phoebe.

»Er hat dich nie belogen, was seine Gefühle für dich betrifft. Trotz all meiner Bemühungen hat er nie aufgehört, dich zu lieben.«

Die Seherin lächelte sie wohlwollend an und griff nach Phoebes Hand, die auf dem Bauch lag, in dem Coles Sohn heranwuchs.

»Dein Sohn ist in Liebe empfangen worden und das weißt du. Es ist an der Zeit, dass du nicht mehr dagegen ankämpfst. Es ist an der Zeit, dass du deine neue Familie annimmst und in dein Herz schließt – deine neue Bestimmung.« Die Seherin machte eine kurze Pause, um ihren folgenden Worten Nachdruck zu verleihen. »Sonst werden Cole und dein Sohn sterben. Alle Dämonen der Unterwelt werden sich sonst gegen ihn erheben und ihn vernichten – genauso wie dich.«

Es war wie ein Traum – ein Alptraum.

Cole überlegte, wie er seinem Schicksal entkommen konnte. Dann kam ihm ein Gedanke.

Er sah zu den beiden Wachen, die ihren neuen Herrscher beschützten, während er sich auf die Krönungszeremonie vorbereiten sollte.

»Geht. Lasst mich alleine!«, befahl er ihnen.

Einer der Leibwächter widersprach besorgt: »Aber die Krönungszeremonie wird in Kürze stattfinden. Was ist mit dem Zauberer …?«

»Ich bin mir dessen bewusst. Geht!«, befahl er ihnen.

Den Leibwächtern blieb nichts anderes übrig, als zu gehorchen. Sie verschwanden.

Cole ging in die Mitte der Höhle, sah nach unten auf seine Hand und ließ ein Schwert erscheinen.

Genau in diesem Moment tauchte Filatus hinter ihm auf. Er hob seinen Zauberstock, um anzugreifen.

Cole drehte sich um und sah dem Zauberer ins Gesicht. »Ich wusste, dass du kommen würdest«, sagte er ruhig.

Der Magier schlug zu, doch Cole parierte mit seinem Schwert.

Ein heftiger Kampf entbrannte.

Es ging um alles.

Cole schaffte es, dem Zauberer die Waffe aus der Hand zu schlagen. Filatus ging zu Boden.

Höhnisch lachend stellte er sich über ihn und hielt ihm die Spitze seines Schwertes an die Gurgel.

Der Magier schluckte ängstlich.

War das sein Ende?

Cole sah ihn lange an und meinte plötzlich: »Wenn du meine Kräfte haben willst, hättest du nur fragen brauchen.«

11

»WIE LANGE SOLL ICH denn noch warten?«, fragte Cole.

Wie ein Tiger ging er ungeduldig auf und ab.

In diesem Moment sah er den Brandfleck an der Wand seiner Wohnung.

Er ahnte, was geschehen war.

Hoffentlich war Phoebe nichts passiert.

Filatus ließ sich nur ungern ablenken. »Gedulde dich, das ist eine heikle Angelegenheit und gar nicht so einfach. Es wäre außerdem viel leichter, wenn ich unter etwas freundlicheren Bedingungen arbeiten könnte.«

»Es gibt keine freundlicheren Umstände – nicht mehr«, erwiderte Cole. »Das hier sollte lieber funktionieren, sonst leistest du dem Rest deiner Sippe Gesellschaft.«

Der Zauberer hatte einen Kreis mit schwarzen Kerzen um sich aufgestellt. Er versuchte sich auf den Zauberspruch in der *Gremoir* zu konzentrieren.

»Kleiner Hinweis. Druck ist nicht gerade hilfreich. Du willst die Kräfte der *Quelle* loswerden. Also hetze mich nicht.«

»Nur damit wir uns einig sind – wenn du die Macht der *Quelle* erhalten hast, höre ich niemals wieder etwas von dir«, bekräftigte Cole noch einmal ihre Abmachung.

»Verstanden«, stimmte Filatus zu und platzierte einige Kristalle um das Buch der schwarzen Magie.

Eines wollte der Zauberer noch wissen: »Nicht, dass ich undankbar wäre, aber warum tust du das?«

»Ich habe jemanden verloren, den ich liebe und ich will sie zurück haben. Das muss dir als Antwort genügen«, entgegnete Cole.

Der Zauberer sah ihn verwundert an. »Habe ich richtig gehört, Liebe? Die *Quelle* kann lieben …?«, fragte er ungläubig.

»Konzentriere dich lieber auf deine Arbeit«, forderte ihn Cole auf.

»Ich bin so weit. Aber es muss Blut fließen, damit der Spruch wirken kann«, klärte ihn der Zauberer auf.

Cole streckte ihm seinen rechten Unterarm entgegen und der Zauberer schnitt mit dem Athame, einem magischen Dolch, in sein Fleisch.

»Jetzt ich«, sagte Filatus und ritze ebenfalls seinen Unterarm. Zischend tropfte das Blut der beiden auf die Seite der *Gremoir.*

Zufrieden blickte der Zauberer auf das Buch der schwarzen Magie und rezitierte den alten Sprechgesang. »Malus into exitus omne …«

Der Zauber begann zu wirken, Cole stieg in die Luft und begann, bläulich zu glühen.

Der Magier wiederholte den Spruch immer lauter.

Auch er erhob sich vom Boden und fing ebenso an, zu glühen.

Ihre Körper schwebten im Raum wie Sternschnuppen, die man an einem Ort festgehalten hatte.

Filatus streckte seine Hand nach Cole aus, bereit, die Macht der *Quelle* in sich aufzunehmen. Cole schrie vor Schmerzen. Es schien, als ob ihm etwas herausgerissen würde.

Gerade noch rechtzeitig erschienen Phoebe und die Seherin.

»Schnell, rette ihn!«, rief ihr die Seherin zu. Als sie merkte, dass Phoebe stockte, drängte sie: »Mach es für deinen Sohn!«

Phoebe wusste, was sie zu tun hatte.

Ohne zu zögern, hob sie ihre Hand und ein Flammenstrahl vernichtete den Zauberer. Sie befreite Cole damit aus der unheilvollen Verbindung.

Sofort kehrte der Teil, der sich vorher von Cole gelöst hatte, zu ihm zurück. Das Glühen erlosch.

Cole fiel zu Boden, als die dämonische Kraft wieder in ihn fuhr.

Piper, Paige und Leo waren auf den Dachboden des Halliwell-Hauses gegangen, um Phoebes Aufenthalt mithilfe des Kristalls herauszufinden. Piper wurde fast verrückt vor Angst und lief vor Leo hin und her, während Paige versuchte, Phoebe auszupendeln.

»Vielleicht solltest du noch einmal in der Unterwelt nachschauen«, schlug Piper ihrem Ehemann vor.

»Das habe ich doch bereits getan. Ich kann sie aber nirgendwo ausmachen«, gab Leo zurück.

»Aber sie muss doch irgendwo sein!« Piper verzweifelte fast.

Doch halt, Paiges Kristallpendel schlug endlich aus. »Ich habe sie!«, rief sie überglücklich.

Phoebe kniete neben Cole, als er die Augen öffnete.

»Geht es dir gut?« Phoebe strich ihm zärtlich über sein Haar.

Cole sah sie mutlos an.

»Was ist passiert? Was hast du getan?«, fragte er bestürzt.

»Ich habe ihn vernichtet«, berichtete Phoebe.

»Aber er war unsere letzte Chance«, rief Cole verzweifelt.

»Nein, war er nicht«, beruhigte ihn Phoebe.

Phoebe half Cole auf die Füße, als Paige neben ihr materialisierte.

»Gott sei Dank, wir haben dich gefunden«, seufzte Piper, als auch sie materialisierte – Leo im Schlepptau.

Piper ging besorgt auf ihre jüngere Schwester zu.

Doch Phoebe winkte ab: »Es ist zu spät.«

Leo verstand nicht ganz: »Was meinst du damit?«

Phoebe verlor keine Worte, sondern zeigte ihnen, was passiert war. Sie ging zu der *Gremoir* und nahm sie an sich.

»Ich dachte, dass nur das Böse das Buch berühren kann«, wunderte sich Paige.

Phoebe gab ihr Recht: »Das stimmt.«

Eine düstere Vorahnung erwachte in Piper und Paige.

Aber Piper wollte einfach nicht glauben, was sie da sah. »Phoebe, was geht hier vor?«

Phoebe sah sie vollkommen ruhig an. »Ich halte meine Zukunft in den Händen – meine neue Bestimmung.«

Sie hielt die *Gremoir* in der Hand, fasste Coles Hand und verschwand in einer Flamme.

Jetzt gingen Piper die Nerven durch. »Was zur Hölle ist das?«, schrie sie.

Die Seherin trat von hinten an sie heran und erklärte ihnen: »Das war die *Quelle* mit der Königin.«

Es dauerte einen Moment, bis Piper, Leo und Paige die

Worte der Seherin begriffen. Doch dann drehte Piper völlig durch. »Du warst das, du hast sie vergiftet!«, brüllte sie die Seherin an.

Paige warf der Seherin einen hasserfüllten Blick zu. »Vielleicht sollten wir dich ebenfalls vernichten.«

»Das könnt ihr nicht ohne die Macht der Drei«, triumphierte die Seherin und verschwand vor ihren Augen.

Paige fand als Erste die Sprache wieder: »Ich glaube einfach nicht, was da gerade geschehen ist.«

»Wo sind sie hin?«, fragte Piper ihren Mann.

Leo schloss seine Augen und versuchte sie irgendwo zu erspüren, doch es war vergeblich. »Ich kann sie nirgendwo wahrnehmen. Sie müssen sich in der Unterwelt befinden«, sagte er traurig.

»Und wenn wir sie nach Hause prügeln müssen ... bring uns dorthin«, befahl sie ihrem Mann.

»Wir werden den Ort der Krönung ohne Filatus niemals finden«, gab Paige zu bedenken.

»Das ist mir egal. Wir können sie doch nicht in ihr Verderben rennen lassen«, protestierte Piper.

Leo nahm sie sanft in den Arm. »Wir haben leider keine andere Möglichkeit. Wir müssen sie eben auf eine andere Art wiederfinden.«

Es war so weit.

Phoebe und Cole standen vor dem Eingang zum Felsendom. Sie wurden links und rechts von der Ehrengarde flankiert.

Im Inneren des Raumes begannen die Schwarzen Priester mit dem Sprechgesang.

Die Krönungszeremonie hatte begonnen.

Phoebe zupfte ihrem Mann liebevoll die schwarze Robe zurecht.

»Bist du dir wirklich ganz sicher, dass du das tun willst? Damit gibst du dein bisheriges Leben endgültig auf«, fragte Cole sie noch einmal.

»Ich gehöre zu dir und zu unserem Kind«, bekräftigte Phoebe ihre Entscheidung. »Wir werden das schon zusammen schaffen – schließlich sind wir eine Familie.«

Cole küsste sie innig. »Ich liebe dich so sehr.«

Sie sah betörend aus in dem schwarzen Trägerkleid.

Die Seherin kam aus dem Felsendom und ging auf sie zu.

Sie sah Phoebe tief in die Augen. »Es ist Zeit.«

»Wir sind so weit«, antwortete Phoebe tapfer.

Die Seherin lächelte, als sie sah, wie Phoebe und Cole würdevoll den Gang entlangschritten.

Sie erreichten die *Gremoir*.

Die Krönungszeremonie für Cole und Phoebe, für die neue *Quelle* und ihre Königin, hatte begonnen.

Lang lebe die Königin

1

Es regnete schon wieder in Strömen. Wie seit Tagen.

Die Wolkendecke war so dicht, dass man nicht erkennen konnte, ob es Tag oder Nacht war.

Und dann diese Blitze! Als würde Zeus persönlich seine Lichtpfeile auf San Francisco werfen.

Aber das Schlimmste war der Donner.

Manchmal hatte Phoebe Halliwell das Gefühl, die Donnerschläge würden das Apartment-Hochhaus, in dem sie mit Cole wohnte, zerreißen.

Da!

Schon wieder.

Sie seufzte.

Nicht das Gewitter ging ihr auf die Nerven.

Schließlich hätte sie mit Cole richtig schön romantisch vor dem Kamin hocken oder im Bett kuscheln können.

Aber ihr Ehemann musste seine Zeit ja mit irgendwelchen Dämonen verbringen.

Wer hätte geahnt, dass er als *Quelle*, als Herrscher über das Böse, so viel zu tun haben würde?!

Sie stand von dem großen Bett auf und sah sich im Ankleidespiegel des Schlafzimmers an.

Von ihrer Schwangerschaft war noch nichts zu sehen. Unter dem seidenen Kimono war ihr Bauch noch ganz flach. Aber seltsamerweise schienen ihre Haare dunkler zu werden. Sie hatte die dunkelblonde Mähne immer gefärbt, getönt oder gesträhnt, aber die jetztige

Veränderung hatte sie keinem Beauty-Produkt zu verdanken. Ihre Haare waren jetzt dunkelbraun, fast schwarz.

Wieder blitzte es am Himmel.

Seltsam – seit Cole zur neuen *Quelle* gekrönt worden war und mit Phoebe eine der *Zauberhaften* zu seiner Königin gemacht hatte, schien die ganze Welt ... dunkler geworden zu sein.

Phoebe hörte, wie die Tür zum Schlafzimmer geöffnet wurde. Sie hoffte, dass es Cole wäre, der jetzt endlich mit dem magischen Kram fertig war.

Doch Phoebe wurde enttäuscht, denn es war nur die Seherin mit einem Kristallglas in ihrer Hand.

»Meine Königin«, sagte die Beraterin der *Quelle* devot, »ich bringe Euren Trank.«

Sie reichte Phoebe das Glas und die junge Frau warf einen missmutigen Blick auf die blasse Flüssigkeit. »Kannst du nicht etwas gegen den Donner unternehmen? Der macht mich wahnsinnig!«

Phoebe war selbst überrascht, wie ungehalten sie war.

»Leider besitze ich keine Gewalt über die Elemente«, erklärte die Seherin bedauernd, »aber ich kenne einen Dämon, der über den Wind herrscht. Leider ist er momentan nicht in der Stadt.«

»Hast du wenigstens Gewalt über Dämonen?«, fragte Phoebe, während sie einen Blick durch die Schlafzimmertür ins Wohnzimmer warf, wo mehrere Gestalten in Kutten ein kompliziertes Ritual abhielten. »Ich schwöre dir, wenn die dort nicht bald aufhören ...«

Statt den Satz zu beenden, nahm Phoebe einen Schluck. Ihr erster Reflex war, die Flüssigkeit auszuspucken: »Ihhh ... das Zeug ist einfach widerlich!«

»Es ist für Euer Wohlbefinden wichtig«, entgegnete die Seherin.

»Reichen da nicht ein paar Vitamintabletten?«, fragte Phoebe patzig.

Die Seherin schüttelte langsam den Kopf und in ihrer Antwort war ihre Ungeduld herauszuhören. »Eure Schwangerschaft ist anders als alle anderen. Eure neuen Kräfte sind die ersten Vorboten dessen, was Euch erwartet. Der Trank wird Euch helfen, damit umzugehen. Er wird Euch stärken.«

Phoebe drückte ihr das Glas wieder in die Hand. »Okay, ein Vorschlag: Du findest etwas, das mich stärkt und nicht nach Gülle schmeckt – und ich werde es trinken.«

Die Seherin ließ nicht locker. »Geht es Euch nicht gut?«, fragte sie besorgt und streichelte Phoebe über die Wange.

Die junge Hexe ließ sich rücklings auf das große Bett fallen. »Ich muss noch eine Menge für die Zeitung schreiben«, erklärte sie und wurde laut, »und ich kann mich bei dem Lärm nicht konzentrieren!«

Leider ließen sich die Dämonen im Wohnzimmer davon nicht beeindrucken. Einer von ihnen schloss nur vorsichtig von außen die Tür.

»Aber Ihr seid die Königin!«, rief die Seherin überrascht. »Es gibt keinen Grund für Euch, zu arbeiten!«

»Ich mag aber die Arbeit«, murmelte Phoebe. »Sie lenkt mich ab.«

»Von was?«, bohrte die Seherin nach, während sie Phoebe erneut das Glas in die Hand drückte. »Bereut Ihr Eure Entscheidung?«

Phoebe nahm das Glas und setzte sich auf. »Nein, überhaupt nicht. Ich liebe Cole und diese Königinnen-Kiste ist ziemlich klasse. Es ist nur ...«

»Eure Schwestern«, vollendete die Seherin den Gedanken.

Phoebe nickte, während sie einen weiteren Schluck des Tranks herunterwürgte. »Ich kann nicht verstehen, warum sie so stur sind. Wieso respektieren sie meine Entscheidung nicht einfach?«

Die Seherin hob eine Hand. »Es liegt nicht in der Natur des Guten, einen Kompromiss zu suchen. Je eher Ihr das begreift und je eher Ihr Euch von ihnen lossagt, desto schneller werdet Ihr inneren Frieden finden.«

Phoebe dachte einen Moment lang über diese Worte nach, aber ein Knall aus dem Wohnzimmer lenkte sie ab.

»Was zur Hölle geht da draußen vor?«, fauchte sie. »Seit der Inthronisation ist er ständig bei der Arbeit.«

»Die Unterwelt war lange im Chaos versunken«, erklärte die Seherin, »und es ist eine schwere Aufgabe, alles wieder in vernünftige Bahnen zu lenken.«

»Ist mir egal!«, schnauzte Phoebe. »Er ist mein Ehemann und ich verlange etwas Beachtung!«

Die Seherin ging einen Schritt zurück. Sie wusste, wann Widerspruch zwecklos war.

»Du kannst gehen«, knurrte Phoebe und wedelte mit der Hand.

Die Seherin deutete noch auf ein weiteres Glas, das auf der Anrichte stand. »Vergesst nicht, morgen beim Erwachen diesen Trank zu Euch zu nehmen.«

Dann verbeugte sie sich leicht und löste sich in Luft auf.

Phoebe atmete tief durch. Sie hatte jetzt die Nase voll. Ihre Wohnung sollte ein Zuhause sein und kein Tempel der schwarzen Magie!

Sie stand auf und stieß die Doppeltür zum Wohnzimmer geräuschvoll auf.

Ungefähr ein halbes Dutzend Dämonen in menschlicher Gestalt, aber gekleidet in den typischen Kutten, stand im Wohnzimmer auf zahlreichen Kreide-Pentagrammen verteilt. In der Mitte sah sie Cole mit dem Zeremoniendolch am Hals eines vor ihm knieenden Opfers.

»Cole! Es ist nach Mitternacht! Komm jetzt endlich ins Bett!«

Es war Phoebe egal, wie lächerlich das in dieser Situation klang.

»Liebling, wir sind mitten in der Arbeit«, verteidigte er sich und deutete mit der Dolchspitze auf sein Opfer.

Ein anderer Dämon drehte sich zu Phoebe. »Es dauert nicht mehr lange.«

»Ach ja?«, fragte Phoebe höhnisch. »Das ist leider immer noch zu lange.«

Sie hob den rechten Arm und mit einem gewaltigen dämonischen Feuerstrahl verbrannte sie den Kerl, der ihr diese vorwitzige Antwort gegeben hatte.

Damit war die dämonische Sitzung beendet. In Windeseile materialisierten die Teufelsdiener aus dem Raum, bis nur noch Cole zurückblieb, der mit einem Seufzer seinem Opfer augenblicklich den Garaus machte.

»Ich dachte, wir hätten das geklärt«, knurrte Cole sichtlich genervt.

Phoebe hob entschuldigend die Schultern: »Sorry, das müssen die Hormone sein.«

2

PAIGE BLIES FRUSTRIERT LUFT AUS und warf das *Buch der Schatten* auf den Boden. »Ich habe diesen Schinken jetzt bestimmt schon fünfzehn Mal gelesen und trotzdem keinen Hinweis gefunden, wie wir Phoebe retten können.«

Piper nahm einen Plastiktrichter, um eine ungesund grünliche Flüssigkeit in ein verschließbares Fläschchen zu füllen. »Du wirst nichts finden – Phoebe hat eine Entscheidung getroffen. Da gibt es kein magisches Gegenmittel.«

»Aber sie ist doch schwanger!«, protestierte Paige, die sich mit dem Status quo nicht abfinden wollte. »Phoebe wird von innen heraus manipuliert!«

»Und wir hätten ihr helfen können, wenn sie sich für uns entschieden hätte«, entgegnete Piper mit erstaunlicher Ruhe. »Aber sie hat sich für Cole entschieden.«

Sie stellte das Fläschchen beiseite und begann, einige Kräuter in einem Mörser zu zerstampfen.

»Bist du endlich fertig?«, fragte Paige entgeistert. »Die ganze Küche steht schon voll mit deinen Zaubertränken.«

Paige hielt eine Phiole mit einer milchartigen Flüssigkeit hoch. »Dieser Trank lässt wie meine magische Kraft Dinge einfrieren. Führt allerdings auch zu Gefrierbrand. Sollte deshalb nur im Notfall eingesetzt werden.«

Paige sprang auf. »Das ist doch verrückt! Wir werden unsere Schwester doch nicht einfrieren!«

Bevor Piper antworten konnte, erschien ihr Ehemann Leo in einem blauen Funkenregen auf dem Dachboden. Piper beachtete ihn kaum.

Leo hatte mitbekommen, wie schwer es seiner Frau fiel, mit ihren Gefühlen umzugehen, wenn es um die Ereignisse der letzten Wochen ging. Er beugte sich zu Paige. »Wie geht es ihr?«

»Sie ist eine ›Diät-Piper‹«, murmelte die junge Hexe. »Frei vom Ballast unnötiger Emotionen.«

»Verstehe.« Er ging langsam auf seine Frau zu, die sich wieder an einem neuen Trank versuchte. »In der Dämonenwelt heißt es, dass Phoebe hochrangige Dämonen tötet. Erst gestern soll sie wieder einen vernichtet haben.«

»Und das bedeutet?«, fragte Piper sichtlich desinteressiert.

»Das bedeutet, dass Phoebe von ihrer Seite aus für unsere Sache arbeitet«, folgerte Leo.

»Ist doch klasse!«, rief Paige begeistert.

Piper sah gelangweilt durch die bunten Glasfenster nach draußen. »Seit wann glauben wir eigentlich Gerüchten aus der Unterwelt?«

Darauf hatten Leo und Paige allerdings keine Antwort.

»Allison Witt«, sagte Dane Jotton, die rechte Hand von Cole, und deutete dabei auf das dämonische Hologramm, das über dem Konferenztisch schwebte, »eine Sozialarbeiterin. Unter anderem hat sie sich in den Kopf gesetzt, Delores Park wieder sicherer zu machen.«

»Delores Park?«, knurrte der kahlköpfige Dämon Malik. »Das ist unser Gebiet!«

Der Rachegeist war sichtlich sauer.

»Ich habe da auch Leute!«, verkündete Rajan, ein arabischer Feuerdämon.

»Ach ja?«, bellte Malik. »Seit wann?«

»Seit ich sie dort hingeschickt habe«, giftete Rajan zurück.

»Das ist mein Gebiet!«, schrie Malik außer sich vor Wut.

Rajan sprang auf. Es sah nach einem Kampf aus.

»Meine Herren«, sagte Cole halblaut, während er scheinbar unaufmerksam aus dem Panoramafenster blickte. »Wir wollen doch nicht vergessen, dass alle Gebiete mir gehören!«

Sofort waren Rajan und Malik still. Mit der *Quelle* wollte sich kein Dämon anlegen.

»Nächster Fall«, wies Cole seinen Assistenten Dane an.

Der dunkelhaarige, männlich aussehende Dämon im modernen Ledermantel machte eine lässige Handbewegung und das Hologramm der Sozialarbeiterin verwandelte sich in das Abbild eines jungen Mannes.

»Gregory Conroy, Bewährungshelfer für jugendliche Kriminelle. Sehr engagiert. Er hat schon viele hoffnungslose Fälle wieder von der schiefen Bahn geholt. Dadurch haben wir einige wertvolle Seelen verloren.«

Cole nickte Malik zu: »Er gehört dir.«

Malik grinste süffisant.

Dane setzte an, um noch etwas zu sagen, aber die Eingangstür ging auf.

Phoebe kam herein. Sie trug eine schwarze Lederhose und ein ebensolches Oberteil, das praktisch nur aus zwei Streifen bestand, die ihre Brüste bedeckten.

Doch keiner der Dämonen hätte es gewagt, sich an Phoebes Anblick zu erfreuen. Im Gegenteil – die meisten von ihnen rutschten ängstlich mit ihrem Stuhl aus dem Weg und einer von ihnen teleportierte gleich weg.

»Keine Sorge, Jungs«, verkündete sie genießerisch, »ich will nur kochen, nicht killen. Aber wenn ich an eurer Stelle wäre, würde ich unnötigen Lärm vermeiden.«

Sie machte eine schnelle Handbewegung und entsetzt zuckten die Dämonen zusammen. Doch nichts geschah.

»Kleiner Scherz«, lachte die junge Hexe und machte sich auf den Weg in die Küche, jedoch nicht, ohne vorher Cole einen dicken Schmatzer auf die Wange zu drücken.

Sogar von seinem Assistenten Dane musste sich Cole danach einen kritischen Blick gefallen lassen. Er stand auf und folgte seiner rebellischen Gattin.

»Bleiben deine Freunde zum Abendessen?«, fragte Phoebe gespielt unschuldig.

»Ich muss froh sein, wenn sie bis zum Ende des Meetings bleiben, wenn du weiterhin versuchst, sie umzubringen«, knurrte Cole.

»Das war doch bloß ein Scherz«, verteidigte sich Phoebe.

»Du hast letzte Woche insgesamt fünf meiner Untertanen vernichtet«, bilanzierte Cole grimmig. »Wo war da der Scherz?«

»Es tut mir Leid, Baby«, flötete Phoebe.

Cole gab ein wenig nach: »Ich weiß, ich habe in letzter Zeit sehr viel gearbeitet. Das wird sich bald ändern. Aber bis dahin – keine weiteren Morde an meinen Dämonen. Versprochen?«

Phoebe schmollte und verschränkte die Arme vor der Brust.

»Versprochen?«, hakte Cole noch einmal nach.

»Versprochen«, murmelte Phoebe schließlich missmutig.

»Es ist schwer genug für sie zu akzeptieren, dass meine Königin eine der *Zauberhaften* war«, erklärte Cole, »da sollte ich ihre Befürchtungen, dass du für beide Teams spielst, doch lieber zerstreuen, oder?«

Phoebe gingen Coles Belehrungen ganz schön auf die Nerven. Sie war doch kein kleines Schulmädchen!

»Okay«, stellte sie resolut fest, »wenn es dir so wichtig ist.«

Mit diesen Worten stapfte sie zurück ins Wohnzimmer, setzte ihr süßestes Lächeln auf und trat vor die versammelte Dämonen-Mannschaft: »Hört mal alle her! Es tut mir sehr Leid, dass ich eure Freunde vernichtet habe. Das war wirklich nicht persönlich gemeint.«

Sie ging um den Tisch herum und gelangte schließlich zu Malik, dem sie jovial die Hände auf die Schultern legte.

Plötzlich durchzuckte es sie.

Sie hatte schon fast vergessen, wie es war, eine Vision zu haben.

Es tat weh.

Es war verwirrend.

Und erschreckend.

Sie sah Malik, wie er in einer Seitenstraße einem jungen Mann folgte. Der arme Kerl hatte keine Ahnung, dass ein Dämon auf seinen Fersen war. Und deshalb sah er auch den Feuerball nicht kommen, der sein Leben beendete.

Phoebe zwang sich, ihre Augen wieder aufzureißen.

Verdammt, damit hatte sie nicht gerechnet!

»Phoebe?«, fragte Cole, der nur gesehen hatte, dass seine Frau plötzlich nach Luft schnappte. »War das ...?«

»Nur ein Krampf«, log Phoebe. »Ganz normal.«

Dane Jotton glaubte ihr kein Wort, aber er hütete sich, vor seinem Boss unhaltbare Anschuldigungen zu machen.

»Ich muss mich hinlegen«, sagte Phoebe.

»Soll ich die Seherin rufen?«, fragte Cole besorgt.

Phoebe winkte ab: »Ist schon okay.«

Ihr Blick fiel auf den Tisch, wo sich im Dämonen-Hologramm ein Gesicht drehte, das sie als den jungen Mann aus ihrer Vision erkannte. »Gregory Conroy« stand darunter, wie in einer Fahndungsakte der Polizei.

Sie verließ den Raum, schloss die Tür aber nicht ganz. Sie hörte, wie Dane sich wieder dem Thema zuwandte: »Gregory Conroy gehört also Malik. Er verbringt die meiste Zeit im Mission Hill Gemeindezentrum.«

Phoebes Blick fiel auf das Glas mit dem Trank, das die Seherin ihr dort stehen gelassen hatte. Sie nahm es – und schüttete das zähflüssige Getränk in eine Topfpflanze. Der Dampf, der kurz darauf hochstieg, räumte alle Zweifel aus dem Weg. Diese Brühe konnte wirklich nicht gesund sein.

Also: Mission Hill! Phoebe wusste, wo das war.

Aber sie konnte nicht alleine dorthin.

Sie brauchte Hilfe.

Mit einer schnellen Bewegung streifte sie das Leder-Oberteil ab.

Sie wusste, dass die anderen ihre freizügigen Kleidungsstücke missbilligen würden.

Piper deutete auf eine Anzahl von Fläschchen. »Diese hier sollen sie aufhalten oder verwirren, aber sie richten keinen wirklichen Schaden an.«

»Klingt gut«, sagte Paige, aber die verschränkten Arme und ihr Gesichtsausdruck zeigten, dass sie nicht gerade begeistert war.

Auch Leo schien nicht glücklich.

Piper deutete auf weitere Fläschchen. »Diese hier sind deutlich stärker. Sie verletzen, betäuben oder vergiften.«

»Du würdest Phoebe vergiften?«, unterbrach Leo entgeistert.

»Leo, sie trägt das Kind der *Quelle* in sich«, erklärte Piper, als wäre sie eine Lehrerin im Kindergarten, »wenn sie hier auftaucht, werden wir alles Notwendige tun, um uns zu verteidigen.«

»Aber du lässt ihr doch gar keine Chance!«, warf Paige verzweifelt ein.

»Wir haben ihr alle Chancen der Welt gelassen«, widersprach Piper. »Sie hat sich für die *Quelle* entschieden – und gegen ihre eigene Familie!«

Als wäre es abgesprochen gewesen, materialisierte Phoebe in genau diesem Moment im Wohnzimmer des Halliwell-Hauses.

Sie trug jetzt ein wildledernes Outfit mit Fransen und sah damit aus wie eine weibliche Variante von Old Shatterhand. Die Tatsache, dass sie nicht in einem Funkenregen, sondern in einer Feuersbrunst erschien, war nicht gerade Vertrauen erweckend.

»Überraschung!«

Leo und Paige bekamen kein Wort heraus, aber Piper packte instinktiv eines der Fläschchen und warf es auf ihre Schwester.

Doch Phoebe hob nur müde die Hand und ließ das gläserne Geschoss in der Luft zerplatzen. »Ich freue mich auch, dich zu sehen, Piper.«

Die Angesprochene verschränkte trotzig die Arme vor der Brust: »Was willst du hier, Phoebe?«

Phoebe reagierte ein wenig beleidigt: »Ein bisschen mehr Wiedersehensfreude hatte ich mir doch erhofft.«

»Ich freue mich«, verkündete Paige, was ihr einen strafenden Blick von Piper einbrachte.

»Solange du nicht deine Scheidung einreichen willst, haben wir nichts zu bereden«, erklärte Piper kategorisch.

Phoebe lächelte herablassend. »Stimmt nicht, wir könnten zum Beispiel über deine Zickigkeit reden. Keine sehr gute Eigenschaft.«

Wütend packte Piper ein weiteres Fläschchen, aber Leo hielt sie zurück. Er sah seine Schwägerin unsicher an. »Phoebe, was willst du hier?«

Phoebe setzte sich auf einen der alten Stühle. »Ich hatte eine Vision. Ein Unschuldiger muss gerettet werden, aber die Zeit ist knapp.«

Ihre Sätze hingen ein paar Sekunden lang in der Luft. Dann begann Paige zu strahlen und drehte sich zu Piper. »Ich wusste es doch! Habe ich es dir nicht gesagt?«

»Nur keine voreiligen Schlüsse«, schränkte Phoebe sofort ein. »Es ist nicht, wie ihr denkt. Ich werde Cole nicht verlassen, ich komme nicht zurück, ich gebe meine Krone nicht auf. Aber ich habe bisher noch nie eine Vision ignoriert und ich werde jetzt nicht damit anfangen.«

Paige machte einen Schmollmund und nickte langsam mit dem Kopf – sie hatte keine Ahnung, was das sollte.

»Phoebe, du bist jetzt die Königin des Bösen«, konstatierte Piper.

»Darum geht es hier nicht«, hielt Phoebe dagegen.

»Wie kann es darum nicht gehen?«, fragte Piper.

»Ich finde, wir sollten uns auf den Weg machen«, unterbrach Paige.

»Wie bitte?«, entgegnete Piper ungläubig.

Statt einer Antwort zog Paige sie und Leo in den angrenzenden Wintergarten, wo sie verschwörerisch leise fortfuhr. »Darauf haben wir doch die ganze Zeit gewartet. Es ist ein Zeichen, dass es in ihr doch noch etwas Gutes gibt. Warum sollte sie sonst einem Unschuldigen helfen wollen?«

Piper schüttelte angesichts dieser Naivität den Kopf. »Weil es eine Falle ist?!«

»Aber es könnte auch unsere einzige Chance sein«, drängte ihre Schwester.

»Ich glaube, Paige hat Recht«, pflichtete Leo seiner Schwägerin bei. »Wenn sie etwas Gutes tut, bringt es sie vielleicht wieder auf unsere Seite.«

Piper atmete tief durch und warf einen Blick auf Phoebe, die sich in dem Sessel lümmelte. »Na gut.«

Paige verkündete der Abtrünnigen die gute Nachricht. »Okay, wir sind dabei. Du teleportierst, wir folgen.«

Piper griff sich noch eilig ein paar Fläschchen und steckte sie in die Tasche.

»Wozu sollen die gut sein?«, fragte Phoebe.

»Zur Sicherheit«, antwortete Piper knapp.

Phoebe tauchte als Erste in der Seitenstraße auf. Glücklicherweise stand hier so viel Sperrmüll herum, dass niemand sah, wie die junge Frau materialisierte.

Paige folgte und schließlich erschien auch Leo mit seiner Frau im Schlepptau.

Paige schnüffelte ein wenig, dann sah sie herunter auf

ihre Schuhe – oder auf den Teil der Schuhe, der noch aus dem Schlamm guckte. »Jetzt seht mal, wo ich reingetreten bin – die waren fast neu! Warum passiert mir das immer wieder?«

»Hier rüber«, befahl Phoebe und bedeutete ihrer Verwandtschaft, sich hinter einem Stapel alter Obstkisten zu verstecken.

»Woher weißt du, wann der Angriff geschehen wird?«, fragte Leo.

Die Frage war berechtigt. Phoebes Visionen gaben ihr zwar immer ein genaues Bild dessen, was passieren würde, aber der Zeitpunkt blieb ihr meistens verborgen.

»Ich weiß es halt«, knurrte Phoebe. »Da ist er!«

Die Vier sahen vom Versteck aus, wie ein junger Mann in die Gasse einbog. Er trug ausgewaschene Jeans und ein graues T-Shirt. Auf dem Kopf hatte er einen dichten Schopf strähniger Haare.

Der Dämon, der in diesem Augenblick hinter ihm materialisierte, war das genaue Gegenteil: schwarz gekleidet, mit faltiger Haut – und komplett haarlos.

Piper verschwendete keine Zeit und fror die Szenerie mit einer Handbewegung ein.

Augenblicklich verharrte der junge Mann mitten im Schritt.

Leider traf das nicht auf den Dämonen zu.

Doch Malik merkte sofort, dass etwas nicht stimmte. Es kam selten genug vor, dass ein potenzielles Opfer sich nicht mehr rührte. Der Dämon sah sich unsicher um.

Piper, Paige, Phoebe und Leo traten jetzt aus ihrem Versteck hervor. Vier gegen einen, das war kein schwieriger Kampf.

Piper hob den Arm, um ihre neuen Explosionskräfte anzuwenden.

Zu ihrer Überraschung schubste Phoebe sie zur Seite. Als Folge davon explodierte eine alte Mülltonne. Daneben!

Malik grinste, als er seine Königin erkannte. Wie es aussah, hatte die Königin ihm ein paar zusätzliche Opfer gebracht. Auf seiner Handfläche formte sich ein Feuerball.

»Was sollte das gerade?«, verlangte Piper zu wissen.

Phoebe schob sie zur Seite und brachte sich zwischen Malik und ihre Familie.

»Aufhören!«, schrie sie den Dämon an.

Der Dämon war verwirrt, aber er wusste, was die Etikette befahl. Er ließ den Feuerball verschwinden und kniete nieder. »Meine Königin?!«

Phoebe beugte sich zu Malik herunter, was diesem einen tiefen Einblick in ihr Dekolleté erlaubte. »Lass diesen Unschuldigen hier leben. Geh!«

Malik nickte und löste sich einen Herzschlag später in Luft auf.

Phoebe drehte sich zu ihren Schwestern und ihrem Schwager um. Sie erntete nur entgeisterte Blicke.

»Was wollt ihr?«, fragte sie unsicher. »Das war einer unserer ›Angestellten‹.«

Schon während sie das sagte, war ihr klar, dass sie nun ein ganz großes Loyalitäts-Problem hatte.

3

PIPER WAR AUSSER SICH vor Wut. »Wie konntest du das nur tun? Was hast du dir dabei gedacht?«

Während sie Phoebe schwere Vorwürfe machte, ging Paige um den immer noch regungslosen Sozialarbeiter herum. Süßer Typ!

»Was denn?«, verteidigte sich Phoebe. »Wir haben den Unschuldigen gerettet.«

Piper warf die Arme in die Luft und wandte sich an Leo. »Versuch du es, ihr zu erklären.«

»Die Dinge sind nicht mehr so klar, wie sie es früher waren«, fuhr Phoebe dazwischen. »Ich kann nicht mehr einfach so rumlaufen und Dämonen vernichten.«

»Wieso denn nicht?«, fragte Paige verdattert. »Wir hatten gehört, dass du erst gestern einen getötet hast.«

»Das war gestern«, nickte Phoebe. »Die sind mir wirklich auf die Nerven gegangen. Aber ich habe Cole versprochen, es nicht wieder zu tun. Und das gilt auch für Malik.«

»Malik?«, hakte Piper nach. »Du kennst die Dämonen schon persönlich?«

Jetzt mischte sich Leo ein. Er hatte den Verdacht, dass es hier um ganz andere Dinge ging. »Wenn du ihm bloß befehlen wolltest, zu verschwinden, hättest du uns nicht gebraucht. Wieso bist du zu uns gekommen?«

»Weil ich euch vermisst habe!«, platzte es aus Phoebe heraus. Sie fuchtelte verzweifelt mit den Armen. »So ist es nun mal. Ist das so schlimm?«

Leo schüttelte langsam den Kopf. »Phoebe, du kannst nicht gleichzeitig die Königin der Unterwelt und eine *Zauberhafte* sein. Beides zusammen geht nicht.«

»Warum denn nicht?«, fragte Phoebe sichtlich verzweifelt. »Nur weil es das bisher noch nie gegeben hat?«

Ihre Ausführungen trafen auf Schweigen, darum legte sie noch nach. »Und ihr vermisst mich doch auch! Selbst Piper, obwohl sie es nie zugeben würde.«

»Natürlich vermissen wir dich«, gab Paige jetzt zu.

»Wir könnten doch wieder zusammen sein!«, schlug Phoebe vor. »Die Macht der Drei, genau wie früher. Ihr müsst mir nur ein wenig entgegenkommen!«

»Du kannst nicht die Unschuldigen schützen – und die Dämonen laufen lassen«, erklärte Piper kategorisch. »So funktioniert das nicht.«

»Augenscheinlich doch«, widersprach Phoebe und deutete auf den erstarrten Sozialarbeiter. »Er lebt, oder nicht?«

»Aber Malik lebt auch«, meldete sich Paige. »Und er wird es wieder versuchen.«

»Das weißt du doch gar nicht«, widersprach Phoebe schwach. Sie wusste, dass ihre Schwestern Recht hatten.

»So ist das aber!«, rief Piper entnervt. »Sie kommen immer wieder! Sie schmollen vielleicht eine Weile, aber dann versuchen sie es erneut.«

»Und nun müssen wir diesen Mann hier beschützen, statt uns zu überlegen, wie wir dich retten könnten!«, stellte Piper fest.

Phoebe runzelte die Stirn. »Ihr glaubt, ich müsste gerettet werden?«

»Machst du Witze?«, rief Piper. »Durch das Baby, das

du erwartest, bist du nicht mehr in der Lage, klar zu denken.«

»Piper …«, begann Phoebe.

»Fang gar nicht erst an«, schnitt ihr Piper das Wort ab, »das ist totaler Wahnsinn. Merkst du das denn nicht? Du kannst nicht zurückkommen. Du kannst keine von uns sein, solange du mit der *Quelle* verheiratet bist!«

Jetzt wurde auch Phoebe laut – laut und verzweifelt. »Was soll ich denn machen? Was denn? Soll ich meinen Mann verlassen?«

»Genau das!«, hielt Piper dagegen, entschlossen, die Sache jetzt durchzuziehen.

»Das ist nicht fair!«, schrie Phoebe.

»Es ist nicht fair«, sagte Leo leise, um die Diskussion wieder auf ein Normalmaß zu bringen. »Aber so ist es nun einmal. Man muss sich entscheiden – die gute oder die böse Seite. Manchmal muss man sich dabei gegen jemanden entscheiden, den man liebt.«

Qualvolle Sekunden der Stille vergingen.

Phoebe sah ihren Schwestern tapfer in die Augen. »Es tut mir Leid, dass ihr so denkt.«

In einer Flammensäule löste sie sich auf.

Piper hob abwehrend die Hände. »Ich habe die Nase voll. Ich kann das nicht mehr.«

Sie machte sich zu Fuß auf den Weg nach Hause.

»Was ist mit dem Typ hier?«, rief Paige ihrer Schwester nach.

Mit einer beiläufigen Handbewegung löste Piper Gregory Conroys Erstarrung auf – dann war sie fort.

Piper sah Leo an, doch der konnte auch nur mit den Schultern zucken.

Gregory sah derweil ein einsames Fahrradschloss an

einem Laternenmast baumeln. »Oh nein, nicht schon wieder!«

Er drehte sich um und entdeckte Leo und Paige. »Entschuldigung, aber haben Sie jemanden auf einem silberorangenen Fahrrad abhauen sehen?«

Die beiden schüttelten ihre Köpfe.

Gregory seufzte. »Manchmal frage ich mich, wieso ich überhaupt abschließe.«

Er marschierte davon.

»Was nun?«, fragte Paige ihren Schwager.

»Wir folgen ihm«, schlug Leo vor.

Sie hatten ja kaum Alternativen.

Es war dunkel in dieser Dimension. Es war feucht. Aus den Wänden ragten immer wieder Steinspitzen, an denen man sich übel verletzen konnte. Und einige der Gänge waren so niedrig, dass man gebückt gehen musste.

Aber das Schlimmste war der Gestank.

Einfach bestialisch.

Im wahrsten Sinne des Wortes.

Cole rümpfte die Nase, während er mit der Fackel herumleuchtete. Er wandte sich an Dane, seinen Assistenten. »Tieropfer?«

Der Dämon in den edlen Klamotten nickte. »Früher. Jede Menge. Aber nicht mehr.«

Cole seufzte. »Eine Verschwendung von Nutzfläche. Lass ein paar deiner Leute hier aufräumen und feucht durchwischen. Es lässt sich bestimmt noch was damit anfangen.«

Dane nickte. Aus der Dunkelheit ertönte plötzlich aufgeregtes Gemurmel.

»Ich bin's, Malik«, sagte ein offenbar gereizter Dämon.

Cole leuchtete mit der Fackel in die Richtung, aus der die Stimme kam.

Der glatzköpfige Höllendiener, den er zur Eliminierung des Sozialarbeiters geschickt hatte, keifte einen der Leibwächter an: »Ich muss mit der *Quelle* reden, sofort!«

»Was ist denn los?«, fragte Cole genervt.

»Es geht um die Königin«, knurrte Malik ungehalten.

»Ist ihr etwas passiert?«, fragte Cole.

Der Dämon schüttelte angewidert den Kopf. »Die *Zauberhaften* haben mich bei meiner Mission gestört.«

Cole lächelte dünn und drehte sich zu Dane um. »Ich habe leider keinerlei Einfluss auf meine angeheirateten Verwandten. Wer es mit denen aufnehmen will, sollte Verstärkung mitnehmen.«

»Es waren alle drei *Zauberhaften*«, zischelte Malik unsicher.

Cole dachte einen Moment lang, sich verhört zu haben: »Alle drei – inklusive Phoebe?«

Malik nickte. »Sie befahl mir, den Unschuldigen am Leben zu lassen. Ich dachte, das solltet Ihr wissen.«

Auch Dane war nun sichtlich geschockt. Es sah so aus, als ob die Königin gegen die *Quelle* arbeitete.

Cole trat einen Schritt auf Malik zu. Langsam beugte er sich vor, bis sein Gesicht nur noch Zentimeter von dem seines Untertanen entfernt war. »Hast du irgendjemandem davon erzählt?«

»Nein, mein Herr«, flüsterte Malik heiser, »ich bin gleich zu Euch gekommen.«

Er war sichtlich stolz auf seine Schleimerei.

Cole nickte langsam. Seine Pupillen loderten hellrot

auf – und binnen Sekunden verbrannte Malik bei lebendigem Leib!

Die *Quelle* drehte sich um. Weitere Zeugen? Ach ja, der Leibwächter. Nach zwei Sekunden war auch seine schwarze Seele vernichtet.

Blieb nur noch Dane.

Cole sah ihn an.

»Bin ich jetzt dran?«, fragte der Assistent sichtlich beunruhigt, aber gefasst.

Cole schüttelte den Kopf: »Ich vertraue dir.«

Sein Tonfall war eine klare Warnung.

»Der Unschuldige muss trotzdem aus dem Weg geräumt werden«, wechselte Dane das Thema, »sonst erfahren andere womöglich auch noch davon.«

Cole nickte und mit einer Handbewegung zauberte er einen hektischen, schlecht gekleideten Unterdämon herbei.

»Gargak«, stellte sich der wieselige Höllendiener vor und ging dabei in die Knie.

»Steh auf«, befahl Cole. »Ich habe einen Auftrag für dich.«

Der Dämon grinste.

Ein Auftrag von der *Quelle* persönlich.

Seine Karriere in der Unterwelt war gesichert.

In der alten Gemeindehalle war es proppevoll.

Kein Wunder – die Zeiten waren hart, den Menschen ging es schlecht. Und je mehr Menschen aus Verzweiflung zur Flasche griffen, desto mehr versuchten auch, von der Sucht wieder loszukommen.

Die Leiterin des Gemeindezentrums sprach die einführenden Worte. »Ich möchte die Anwesenden noch einmal darauf hinweisen, dass die Teilnahme am Treffen der Anonymen Alkoholiker kostenfrei ist. Wir finanzieren uns durch Spenden. Die einzige Aufnahmebedingung ist der Wille, nicht mehr zu trinken.«

»Denkst du, dass Piper okay ist?«, fragte Leo besorgt.

Er stand mit Paige ganz hinten in der Halle, um alles im Blick behalten zu können. Gregory saß vorne auf der Bühne und hörte seiner Kollegin zu.

»Keine Ahnung«, antwortete Paige ehrlich, »aber ich finde es gut, dass sie anscheinend überhaupt wieder zu einem Gefühl fähig ist.«

»Stimmt«, murmelte Leo unsicher, »es ist sicher alles in Ordnung.«

»Hat heute einer die Dreißig-Tage-Marke geschafft?«, fragte die Frau auf der Bühne.

Ein junger Schwarzer stand auf. Die anderen klatschten Beifall.

»Dann sollte ich sie wohl einfach besser in Ruhe lassen, oder?«, hakte Leo nach.

Er war sichtlich unentschlossen, wie er das Verhalten seiner Frau einschätzen sollte.

»Mag sein«, antwortete Paige knapp, die sich bereits seit einer halben Stunde die unausgegorenen Gedanken ihres Schwagers anhören musste.

»Es ist nur so«, begann Leo erneut, »als Prue starb, ist Piper fast daran zu Grunde gegangen. Und nun fürchtet sie, auch Phoebe zu verlieren.«

»Rede mit ihr«, schlug Paige zum zehnten Mal vor. »Sag ihr, dass wir einen Dämon zu bekämpfen haben. Das wird sie ablenken.«

»Gute Idee«, murmelte Leo. »Und was ist mit dir?«

Paige warf einen Blick durch den Saal. »Wird schon klappen. Ich glaube nicht, dass Malik während dieser Sitzung angreift. Hol Piper und sei wieder da, bevor das hier zu Ende ist.«

Leo atmete durch und machte sich davon – ohne den typischen Funkenregen. Denn das hätte die Hälfte der Anwesenden vermutlich gleich wieder zur Flasche greifen lassen.

Paige seufzte. Leo war wirklich nett, aber er war immer so entsetzlich besorgt. Das lag in der Natur eines Wächters. Sie selbst konnte ein Lied davon singen, schließlich war ihr Vater auch ein *Wächter des Lichts* gewesen.

Aus Langweile besah sie sich die Teilnehmer des Treffens ein wenig genauer.

Es war immer wieder erstaunlich, dass Alkoholismus vor keiner sozialen Schicht oder irgendeiner Altersgruppe Halt machte. Da war eine gemütlich aussehende ältere Dame mit Strickhut, ein asiatischer Bodybuilder, ein Motorradrocker und ein verschwitzter hektischer Typ mit einem nervösen Zwinkern, der ständig Gregory Conroy anstierte.

Phoebe war froh, endlich Feierabend zu haben. Sie liebte die Arbeit in der Redaktion, aber momentan hatte sie so viel um die Ohren, dass sie sich kaum noch um ihre Kolumne kümmern konnte.

Sie schaltete das Notebook aus und legte die beantworteten Briefe in ein Schubfach.

Marcia Wallace kam herein. Sie war die Ressortchefin und damit ihre direkte Vorgesetzte. Da sie mit ihrer

Lebensberaterin sehr zufrieden war, gab es selten Ärger.

Doch heute Abend schien die resolute Journalistin nicht glücklich zu sein.

»Phoebe?«, fragte sie in einem strengen Tonfall. »Wo ist Ihre Kolumne?«

Phoebe blickte verwirrt auf die Blätter, die Marcia in der Hand hielt. »Die haben Sie doch schon.«

Marcia hielt den Stapel hoch: »Das hier? Das ist zwar nett, pfiffig geschrieben und auch für ein paar Lacher gut – aber unmöglich für den Druck.«

»Wieso?«, fragte Phoebe verdattert.

Marcia setzte ihre Lesebrille auf, um aus der Kolumne zu zitieren. »Liebe Daisy, du solltest deinen Mistkerl von Gatten einfach mal mit dem Telefonhörer verdreschen. Vielleicht hört er dann auf, seine Sekretärin anzugrabschen.«

Sie sah Phoebe streng an.

»Na ja«, lenkte Phoebe kleinlaut ein, »vielleicht wirkt es ja.«

Sie hatte keine Ahnung mehr, warum sie diesen Unsinn geschrieben hatte.

Marcia warf den ganzen Stapel Papiere entnervt auf den Boden. »So etwas bringt uns keine Leser, so etwas bringt uns allenfalls Klagen ein! Wenn Sie also auch weiterhin hier arbeiten wollen ...«

Phoebe sprang auf und ihr Tonfall war schärfer als beabsichtigt. »Wollen Sie mir drohen?«

»Nur mit einem Psychiater«, winkte Marcia lässig ab. »Und jetzt schreiben Sie das Ganze noch mal.«

Sie drehte sich um – und stieß fast gegen Cole, der lässig am Türrahmen lehnte.

Er warf einen Blick von der erzürnten Ressortchefin zu

seiner Frau, in deren Hand sich bereits ein Feuerball formte.

»Darf ich mal durch?«, knurrte Marcia. Cole machte Platz und vereitelte dadurch den Schuss.

Marcia rauschte ab und Phoebe blickte einen Moment lang auf ihre brennende Handfläche, bevor sie das Feuer erstickte.

»Wenn du deine Chefin loswerden willst«, erklärte Cole sachlich, »dann haben wir Leute, die sich darum kümmern können.«

»Nett«, murmelte Phoebe. Sie setzte sich wieder auf ihren Stuhl. »Aber Marcia hat Recht. Meine Tipps waren diese Woche etwas zu direkt.«

»Ich weiß sowieso nicht, was du hier machst«, entgegnete Cole und schloss die Bürotür. »Du bist die Königin.«

»Und du bist eine Nervensäge«, hielt Phoebe scherzend dagegen. »Ich habe dir doch gesagt, dass ich meinen Job nicht aufgeben werde.«

»Und was ist mit deinem anderen Job?«, murmelte Cole, während er zum Fenster ging und scheinbar desinteressiert nach draußen blickte. »Wirst du den auch behalten?«

»Welchen Job meinst du?«, fragte Phoebe, doch ihr schwante, worauf das hinauslief.

»Den Job einer *Zauberhaften*«, sagte Cole und sah seine Frau nun direkt an. »Malik hat es mir gesagt.«

»Na und?«, winkte Phoebe ab. »Ich habe ihn schließlich laufen lassen.«

»Das macht es nicht besser!«, giftete Cole plötzlich.

Phoebe sprang wieder auf. »Kein Grund, laut zu werden!«

»Du kannst keinen Unschuldigen retten und einen Dämon davonkommen lassen«, knurrte Cole.

»Du klingst schon wie Piper«, meinte Phoebe hämisch.

»Piper hat Recht«, sagte Cole mit sichtlichem Widerwillen. »Du hast dich entschieden – für mich. Bei der Krönung hattest du die Wahl. Wenn du diese Wahl nun in Zweifel ziehst, wenn du nicht zu mir stehst – dann muss ich das wissen.«

»Ich will doch zu dir stehen«, sagte Phoebe gepresst, »aber ich kapiere nicht, warum du in dieser Beziehung so strikt bist.«

»Ich bin die *Quelle*!«, dröhnte Cole und in diesem Moment hatte Phoebe Angst vor ihm. »Und du bist die Königin! Wir haben Verpflichtungen!«

»Das ist mir egal!«

»Das darf es aber nicht!« Cole war jetzt völlig außer sich. »Du bist durch eine Tür getreten, nach der es nur in einer Richtung weiter geht. Wenn du zurück willst, dann wird man sich gegen uns verschwören – und uns vernichten.«

»Wer – meine Schwestern?«, fragte Phoebe. Sie war sicher, dieses Problem in den Griff bekommen zu können.

Mit einem traurigen Lächeln schüttelte Cole den Kopf. »Die Unterwelt. Wenn wir Schwäche zeigen, zweifelt man an unserer absoluten Macht und wird sich gegen uns verschwören. Es wird eine Rebellion geben. Und dann wirst du um den Tod betteln!«

Phoebe strich sich mit der Hand über die Stirn. »Entschuldige, ich ... ich dachte nicht ...«

Cole beruhigte sich wieder. »Ich verstehe schon. Glaub mir, ich weiß besser als jeder andere, was du durchmachst. Wenn du nichts dagegen unternimmst, wird es dich zerreißen.«

»Was kann ich tun?«, fragte sie hilflos.

»Du musst eine Entscheidung treffen«, flüsterte Cole. »Und du musst dich daran halten. Auch wenn es hart ist. Auch wenn es bedeutet, Menschen zu verlieren, die du liebst.«

Phoebe begann zu zittern. Ihre Beine wurden weich. Sie hatte lange geglaubt, beides haben zu können – ihren Mann und ihre Schwestern.

»Lass uns nach Hause gehen«, sagte Cole sanft und hielt ihr seine Hand hin.

Es dauerte lange, bis Phoebe sie vorsichtig ergriff.

Das *P3* lag in völliger Dunkelheit. Es würde erst in ein paar Stunden öffnen, dennoch waren die Putzkolonnen schon am Morgen hier gewesen. Da es keine Fenster gab, war es bis auf ein paar kleine Notlampen stockdunkel.

Leo spürte, dass seine Frau hier war, darum materialisierte er in der Mitte der Tanzfläche: »Piper?«

Keine Antwort.

Er hörte Geräusche von der erhöhten Ebene, auf der die besseren Tische für betuchte Gäste standen.

Als *Wächter des Lichts* waren Leos Sinne etwas geschärfter als die der normalen Menschen. Auch im Zwielicht konnte er Piper erkennen – und die Whiskyflasche, die neben ihr stand.

»Wir haben geschlossen«, lallte sie mit schwerer Zunge.

»Liebling ...«, begann Leo.

»Ich will nicht reden«, gab sie ihm knapp zur Antwort.

»Ich weiß, was du fühlst«, begann er erneut.

»Und weißt du, was ich noch weniger will? Moralische Aufbauarbeit.«

Er ging langsam auf sie zu. Piper konnte sich kaum auf dem Barhocker halten. Aus dem Glas in ihrer Hand tropfte immer wieder Whisky auf den Boden.

»Was machst du denn da?«, fragte Leo liebevoll.

Sie sah ihn glasig an. »Ich trinke so lange, bis ich vergesse, dass ich eine Versagerin bin.«

»Du bist keine Versagerin«, widersprach Leo energisch, während sie sich nachschenkte, »es ist nicht deine Schuld, dass Phoebe ...«

»Phoebe ist meine kleine Schwester«, unterbrach Piper, »und es ist meine Aufgabe, die Familie zusammenzuhalten. Und darin, mein liebster Leo, bin ich offensichtlich eine Versagerin.«

Leo nahm die Flasche. »Das reicht.«

»Paige hat es gemerkt. Paige hat gemerkt, dass Cole ein Dämon ist«, lamentierte Piper. »Und sie hat versucht, es mir zu sagen. Wieder ... und wieder!« »Ich habe es doch auch nicht gemerkt«, sagte Leo verzweifelt. »Und Phoebe auch nicht. Wir haben es nicht gemerkt, weil wir es nicht merken wollten. Alles, was wir wollten, war eine normale, friedliche Familie. Das liegt in der Natur des Menschen.«

»Sie ist meine kleine Schwester«, wiederholte sich Piper, »und ich habe zugelassen, dass er sie zerstört. Das ist nicht die Natur eines Menschen, sondern die Natur einer Versagerin!«

Leo atmete tief durch. »Okay, das höre ich mir nicht länger an. Du bist eine gute Hexe und du ...«

Mit einer Handbewegung fror Piper ihren Ehemann ein. »Ich habe doch gesagt – keine moralische Aufbauarbeit.«

Sie nahm die Flasche aus seinen erstarrten Fingern und gönnte sich einen kräftigen Schluck.

Dann fiel sie nach hinten um.

»Autsch.«

Sie blieb einfach liegen.

Das Treffen war zu Ende und alle Beteiligten gingen ihres Weges.

Paige stand unentschlossen im Vorraum des Gemeindezentrums.

Wo blieben denn Leo und Piper?

Sie sah sich verzweifelt um, aber ihre Verwandten waren nirgendwo zu sehen.

Dafür sah sie Gregory Conroy, der schon halb aus der Seitentür war.

Paige musste eine Entscheidung treffen. Na ja, eigentlich war es keine wirkliche Entscheidung. Als eine der *Zauberhaften* musste sie den Unschuldigen Gregory schützen – ob sie dabei allein war oder nicht.

Also machte sie sich auf den Weg, Gregory zu folgen. Sie ging direkt an dem unangenehmen Typen vorbei, der lautstark seinen Kaffee aus dem Pappbecher schlürfte.

Es war schon dunkel draußen. Und natürlich hatte Gregory einen Nebenausgang genommen, der in eine der menschenleeren Seitenstraßen führte. Es dauerte lange bis sich ihre Augen an die Dunkelheit gewöhnt hatten. Warum konnten die Treffen von Selbsthilfegruppen nicht in belebten Einkaufszentren stattfinden?

»Sie schon wieder«, stellte Gregory freundlich fest, als er die junge Frau sah, die nach ihm den Seitenausgang genommen hatte. »Folgen Sie mir etwa?«

Paige sah den strubbeligen jungen Mann an, aber sein Lächeln konnte sie nicht erwidern. »Genau genommen, ja. Es wäre mir aber lieber, wenn wir die Gründe dafür drinnen diskutieren könnten.«

Gregory blieb demonstrativ stehen, er schien das Ganze für ein Spiel zu halten.

Leider tauchte in diesem Moment am Ende der Gasse der Schatten dieses unangenehmen Typen auf. Paige ahnte, dass es nun Ernst wurde. Genau in der Sekunde schoss der Dämon auch schon einen Flammenpfeil ab.

Von ihrem Treppenabsatz aus warf sich Paige mit Schwung gegen Gregory. Beide fielen zu Boden und der Flammenpfeil bohrte sich in die Hauswand über ihnen.

»Was soll das?«, keuchte Gregory, als er sich mühsam aufrappelte. Er hatte den Dämon nicht gesehen und trat sicherheitshalber zwei Schritte von Paige weg.

»Leo!«, rief Paige dringlich.

Nichts geschah.

Gargak schoss einen weiteren Flammenpfeil ab – und dieser traf ins Schwarze. Gregorys Körper wurde herumgerissen und knallte hart auf den Asphalt.

Der Dämon grinste. Aus seiner Jacke zog er einen rituellen Dolch, ein Athame.

Doch er kannte nicht Paiges besondere Fähigkeiten. Als Kind einer Hexe und eines *Wächters des Lichts* war sie mit Kräften ausgestattet, die selbst im Dämonenreich als unberechenbar galten.

»Athame!«, schrie sie und zu Gargaks Entsetzen löste sich der Dolch in seiner Hand auf, um gleich darauf in Paiges Faust wieder aufzutauchen.

Gargak hätte wahrscheinlich drei Sekunden gebraucht, um genau zu verstehen, was da gerade passiert war.

Doch er hatte nicht einmal eine.

Mit einer schwungvollen Bewegung warf Paige den

Zeremoniendolch auf den Angreifer und erwischte ihn mitten in der Brust. Brüllend verging er.

Paige hatte kaum Zeit, durchzuatmen. Sie rannte zu Gregory und kniete neben seinem leblosen Körper nieder.

Verdammt!

Überall war Blut.

Wenn er noch lebte, konnte Leo helfen.

Aber wo war Leo?

Und wo waren ihre Schwestern?

Warum war sie allein?

4

PAIGE MOCHTE NAIV UND MANCHMAL vorlaut sein, aber als Hexe kannte sie alle Tricks. Wenn der Prophet nicht zum Berg kam, musste der Berg eben zum Propheten kommen. Wenn also kein *Wächter des Lichts* auftauchte, musste sie ihn eben suchen.

Sie legte ihre Hand auf den Körper des bewusstlosen Gregory Conroy und konzentrierte sich. Dank der von ihrem Vater vererbten Fähigkeiten fiel es ihr leicht, den Aufenthaltsort von Leo und Piper zu erspüren. Paige materialisierte direkt dorthin.

Auch sie landete auf der Tanzfläche des *P3*. Wenigstens war es dort für den Verletzten etwas hygienischer als in der dreckigen Gasse.

Paige sah ihren Schwager eingefroren und ihre Schwester besinnungslos am Boden liegen.

Was war denn hier passiert?

Sofort eilte sie an Pipers Seite.

Das Erste, was ihr auffiel, war die Alkoholfahne.

Das Zweite, das Glas mit dem Whisky.

Piper brabbelte etwas Unverständliches.

Das war ja nicht zu fassen – die aufrechte Piper war schlicht und einfach mit Alkohol abgefüllt!

Paige war so sauer, dass sie einen Moment lang gar nicht wusste, was sie tun sollte. Dann fiel ihr der verletzte Gregory wieder ein.

Sie brauchte Leo!

Die junge Hexe legte dem regungslosen *Wächter des Lichts* die Hand auf die Schulter. Wieder einmal war sie dankbar dafür, dass ihr Vater ein Wächter gewesen war.

Leos Erstarrung löste sich und er machte da weiter, wo er aufgehört hatte: »... bist auch eine gute Schwester.«

Er hielt inne, als er merkte, dass seine Frau nicht mehr vor ihm saß.

Dann sah er Paige. Er blickte sich verwirrt um – und entdeckte Gregory Conroy.

»Paige, was ...« stammelte er.

»Sieht aus, als wärst du eingefroren gewesen«, erklärte Paige knapp. Dann deutete sie auf ihre Schwester: »Und sie ist auch nicht von Dämonen erwischt worden.«

»Wenn man von dem eigenen Dämon einmal absieht«, murmelte Leo und blickte sorgenvoll auf seine Frau. »Ich kann nicht glauben, dass sie mich eingefroren hat. Bist du okay?«

»Halbwegs«, antwortete Paige. »Es ist ein zweiter Dämon aufgetaucht. Sieht aus, als ob man Gregory wirklich tot sehen will. Du musst ihn heilen und an einen sicheren Ort bringen.«

»Und dann?«, fragte Leo, während er zu dem Verwundeten eilte, der vor Schmerzen wimmerte.

»Dann werde ich unsere Familie zusammentrommeln«, erklärte Paige entschieden.

Sie sah Piper an, die immer noch bewusstlos war. »Kannst du ihr helfen?«

»Nein«, sagte Leo, »bei selbst zugefügten Schäden bin ich machtlos.«

»Klasse«, grummelte Paige, »jetzt bin ich schon zwei Schwestern los.«

Sie beugte sich zu Piper und tätschelte ihr die Wangen – erst behutsam, doch als dies keine Wirkung zeigte, holte sie zu einem kräftigen Schlag aus.

Nach ein, zwei Sekunden reagierte die betrunkene Hexe und schlug müde mit den Armen um sich. »Hey!«

Paige lächelte.

Willkommen in der Welt der Lebenden.

Phoebe war unglücklich.

Sie hatten Recht. Alle hatten sie Recht.

Sie musste eine Entscheidung treffen.

Aufgekratzt ging sie in ihrem Schlafzimmer auf und ab.

Cole verlassen? Er war ihr Ehemann und sie hatte ihn in aufrechter Liebe geheiratet. Nie hatte er ihr etwas getan und sie trug sein Kind unter dem Herzen.

Ihren Schwestern abschwören? Aber sie waren mehr als Blutsverwandte – sie waren durch den Schwur miteinander verbunden und verpflichtet, Unschuldige zu schützen.

Die Tür öffnete sich. Wie jeden Abend kam die Seherin mit einem Kristallglas herein und hielt ihr den Trank hin. »Gebieterin, hiernach werdet Ihr Euch besser fühlen.«

Das Getränk war Phoebe in diesem Moment nicht wichtig. »Wenn ich verspreche, nie wieder Unschuldige zusammen mit meinen Schwestern zu beschützen, kann ich sie dann weiterhin sehen?«

Die Seherin hielt das Glas ein wenig höher. »Es wird Euch stärken.«

Phoebe wollte gerade zugreifen, da fiel ihr Blick auf die prächtige Zimmerpflanze, in die sie gestern den Trank gegossen hatte.

Sie war nicht nur verdorrt, sondern von innen heraus verfault.

Die Seherin bemerkte Phoebes Blick.

»Es ist Gift, stimmt's?«, rief Phoebe. »Du versuchst, mich zu vergiften!«

»Nein«, sagte sie Seherin ruhig. »Es ist gut für Euch.«

»Du lügst!«

»Denkt selber nach – letzte Nacht ward Ihr stark. Ärgerlich vielleicht, aber stark. Und jetzt? Seht Euch an – weinerlich und schwach. Kein Benehmen, das einer Königin würdig wäre.«

Phoebe wollte es genauer wissen. »Was ist in dem Glas?«

»Das pure Böse«, erklärte die Seherin lakonisch, »davon ernährt sich das Baby. Und je stärker es wird ...«

»... desto schwächer werde ich«, vollendete Phoebe den Satz.

»Nur das Gute in Euch stirbt«, korrigierte die Seherin.

»Du willst mich vernichten«, krächzte die junge Hexe entsetzt.

»Ich will helfen«, hielt die Satansdienerin dagegen, »ich gab dir Klarheit. Du warst überzeugt, doch nun zweifelst du.«

Die Tatsache, dass die Seherin sie plötzlich duzte, erweckte Phoebes Argwohn. Sie ahnte, dass es inzwischen um ein gefährliches Machtspiel ging.

»Du hast mir meinen freien Willen geraubt«, murmelte sie.

»Nein! Du hast dich entschieden. Für Cole – und für das Baby. Riskiere nicht die Leben aller. Trinke!«

Mit dieser Drohung verschwand die Seherin.

Phoebe blieb allein zurück.

Mit sich selbst.

Mit ihrer Entscheidung.
Und mit dem Glas in der Hand.

Für dämonische Verhältnisse war die Dimension jetzt gut hergerichtet. Es stank nicht mehr so bestialisch, nur ein Hauch von Schwefel lag in der Luft. Fackeln brannten in gusseisernen Haltehaken, die in die Höhlenwände geschlagen worden waren. Und auf dem Boden lag Geröll, um die Flüssigkeit von der Oberfläche abzuleiten.

Doch Cole hatte keinen Blick für die gute Arbeit seiner Untertanen. Als er materialisierte, war er stinksauer.

Denn er hatte nicht kommen wollen.

Geballte dämonische Willenskraft hatte ihn hierher beordert.

An die einhundert Dämonen höherer Ränge waren in dem kleinen Felsendom verteilt. Vor einer Wand aus Flammen stand Dane. Er war der Mittelpunkt dieser Versammlung.

»Was gibt dir das Recht, ein Treffen zu organisieren und mich zu rufen?«, herrschte Cole seinen Assistenten an und drängte diesen damit gleich in die Defensive.

»Ich habe Euch gerufen, Herr«, sagte Dane verdächtig ruhig, »aber nicht ich allein habe dieses Treffen verlangt. Wir alle waren uns einig.«

Er wies in die Runde und einige der mutigeren Dämonen nickten zustimmend.

»Dann sollte einer von euch den Mund aufmachen«, sagte Cole kalt.

»Unsere Sorge …«, begann Dane.

»Jemand anderer«, unterbrach Cole sofort. Er wollte sehen, wie stark Danes Autorität war.

Es war Rajan, der aus der Menge hervortrat: »Malik ist verschwunden. Und die *Zauberhaften* beschützen sein Opfer. Es heißt, die Königin steht auf ihrer Seite.«

Cole drehte sich mit bitterem Gesichtsausdruck zu Dane. »Da frage ich mich doch, wie dieses Gerücht aufkommen konnte.«

Ihm war klar, dass es ein Fehler gewesen war, Dane zu trauen. Das war seine menschliche Seite. Er hatte immer noch nicht verinnerlicht, dass Dämonen so etwas wie ›Freundschaft‹ oder ›Loyalität‹ nicht kannten.

»Vergebt unsere Verwirrung«, sagte Dane nun vorsichtig, »wir hatten die Hoffnung gehabt, dass die Macht der Drei nicht mehr existiert.«

»Die Königin ist schwanger«, betonte Cole, »und deshalb sehr reizbar. Aber ich kann euch versichern, dass die Macht der Drei wirklich zerschlagen wurde.«

Damit wollte er es bewenden lassen. Er machte erste Anstalten, sich zurückzuziehen, als Dane noch einmal das Wort ergriff. »Wer tötete dann Malik?«

Im Stillen verfluchte sich Cole dafür, seinen Assistenten am Leben gelassen zu haben. Natürlich wussten sie beide, wer Malik getötet hatte. Aber nun musste Cole es zugeben, wenn er seine Frau nicht gefährden wollte.

»Ich habe es getan«, sagte Cole ruhig und wartete ab, bis sich die Unruhe unter den Anwesenden wieder gelegt hatte. »Ich hatte das Gefühl, er wollte mich betrügen.«

Dabei sah er Dane sehr fest an und sein Assistent wusste, wie er diese Worte zu verstehen hatte. Sein Leben war keinen Pfifferling mehr wert. Er versuchte eine Ausweichstrategie. »Sein Opfer lebt noch.«

Cole winkte ab. »Dann beauftrage jemand damit.«

Dane blickte sich im Kreis um, bevor er etwas erwiderte. »Das Opfer befindet sich in den Händen der Hexen. Und solange wir nicht sicher sein können, dass die ... Hormone der Königin unter Kontrolle sind, sind wir alle in Gefahr. Angesichts der momentanen Situation wäre es für alle Beteiligten ... beruhigender, wenn Ihr selber das übernehmen würdet. Es würde die Moral der Männer heben.«

Cole sah ihn düster an, dann verschwand er.

Dane sah sich um.

Der Machtkampf hatte begonnen.

Das Rattern des Mixers klang in Pipers Kopf wie eine Schlagbohrmaschine. Und es wurde schlimmer, als Paige den Deckel abnahm, um noch ein Ei in die schlammrote Brühe zu schlagen.

»Wie viele Mittelchen gegen einen Kater kennst du?«, fragte Piper stöhnend und hob mühsam den Kopf vom Küchentisch.

Sie hatte schon Aspirin, kalte Umschläge, eine Dusche und eine Aromatherapie mit Sandelholz hinter sich.

»Eine ganze Menge«, rief Paige, um das Geräusch des Mixers zu übertönen. »Es gab eine Zeit, da brauchte ich das Zeug ständig.«

Als der Lärm endlich vorbei war, riss sich Piper wieder zusammen. »Es tut mir Leid. Ich weiß wirklich nicht, was da in mich gefahren ist. Es ist ja normal, dass man den Ehemann der Schwester nicht mag. Aber wenn dieser Göttergatte auch noch der Herrscher des Bösen ist ...!«

Paige stellte ihr den Becher mit dem üblen Gebräu vor die Nase. »Runter damit, wir haben noch viel Arbeit vor uns.«

Piper war ganz in Gedanken. »Wir dürfen sie Cole nicht überlassen. Noch einmal eine Schwester zu verlieren, halte ich nicht aus.«

»Ich habe mir auch darüber Gedanken gemacht«, sagte Paige. »Phoebe war heute irgendwie anders.«

»Klar – total durchgedreht«, murmelte Piper.

»Aber sie hat sich Sorgen um uns gemacht! Das könnte unsere Chance sein, sie zurückzuholen.«

Piper war nicht überzeugt. »Wie soll das gehen?«

Paige atmete tief ein. Sie hatte sich das genau überlegt. »Wir stürmen das Apartment, holen die Kristalle raus, sagen unseren Spruch auf und vernichten die *Quelle* wie beim letzten Mal.«

Piper schüttelte vorsichtig den Kopf, um ihren Schädel nicht zu überfordern. »Das ist was anderes. Diesmal ist Cole die *Quelle*. Glaubst du im Ernst, Phoebe wird da mitmachen?«

Das war der Haken.

»Wenn sie es nicht tut – werden wir sterben.«

»Soll mich das jetzt beruhigen?«, fragte Piper skeptisch.

»Irgendwie schon«, antwortete Paige. »Das Gute in Phoebe bricht durch. Das haben wir heute gesehen. Ich glaube nicht, dass sie einfach zusehen wird, wie Cole uns umbringt.«

Piper dachte darüber nach. »Würdest du dein Leben darauf verwetten?«

Paige nickte knapp. »Und du?«

Piper ließ sich Zeit mit der Antwort. »Das ist schon erstaunlich, Paige, so viel Schwesternliebe bei einer Frau zu entdecken, die immer gedacht hat, ein Einzelkind zu sein.«

Paige musste unwillkürlich grinsen. »Ich habe lange

genug gebraucht, um mich an meine Schwestern zu gewöhnen. Da will ich sie nicht gleich wieder verlieren.«

Piper nickte, nahm einen Schluck von der Katermedizin und griff nach ihrer Jacke. »Auf geht's.«

Doch sie kamen beide nur bis in den Flur – denn dort stand Phoebe.

Was für ein glücklicher Zufall!

Aber das Nesthäkchen der Halliwells schien bedrückt.

»Was ist los?«, fragte Piper sofort.

Phoebe ließ sich nicht lange drängen. »Cole wird Gregory Conroy töten. Und das kann ich nicht zulassen.«

»Und was sollen wir deiner Meinung nach tun?«, hakte Piper nach.

Phoebe atmete tief ein. »Ich glaube, wir müssen ... Cole vernichten.«

Sie sagte es einfach so. Ohne Dramatik, die der Schwere dieser Aussage angepasst gewesen wäre.

Es war Paige, die die merkwürdige Stille durchbrach. »Ich wusste doch, dass du richtig entscheiden würdest.«

»Wir werden Gregory als Köder brauchen«, fuhr Phoebe fort.

»Köder?«, fragte Paige ungläubig. »Er ist ein Unschuldiger.«

»Stimmt«, gab Phoebe zu, »aber Cole wird ihn finden, wo immer er auch ist. Darum ist er bei uns am sichersten aufgehoben.«

»Wir bringen also Leo und Greg hierher«, fasste Piper den Plan zusammen, »und wenn Cole auftaucht, wird Leo mit Greg wieder fliehen ...«

Phoebe nickte: »... und wir vernichten Cole.«

Da war dieser Satz wieder. Piper hatte zwar einen riesigen Kater, aber ihr gefiel die Lässigkeit nicht, mit der ihre Schwester den Mann ihres Lebens ans Messer lieferte.

»Ich hole die Kristalle vom Dachboden«, sagte Paige und machte sich auf den Weg.

Während sie auf Paiges Rückkehr warteten, war eine deutliche Spannung zwischen Phoebe und Piper zu spüren.

»Phoebe«, begann Piper schließlich, »ich weiß, wie schwer es für dich sein muss ...«

Phoebe winkte ab. »Bitte nicht. Wenn ich darüber reden muss, werde ich nicht die Kraft haben, es durchzuziehen.«

Piper nickte. Das konnte sie verstehen.

Paige kam mit der Kiste wieder, in der die magischen Kristalle aufbewahrt wurden. »Alles bereit.«

Piper konzentrierte sich einen Moment. »Leo! Bring Gregory her!«

Binnen zwei Sekunden erschienen die beiden Männer auf der Bildfläche. Leo war sichtlich erfreut, Phoebe wieder im Kreis der Schwestern zu sehen.

»Was glaubst du, wann Cole auftauchen wird?«, fragte Paige.

Doch kaum hatte sie diese Worte ausgesprochen, geschah etwas, mit dem keiner gerechnet hatte. Jetzt wusste Piper, warum sie die ganze Zeit über von einem unguten Gefühl gequält worden war.

Vor ihren Augen verwandelte sich Phoebe – in Cole.

Weder die Schwestern noch Leo konnten schnell genug reagieren, als Cole mit einem zischenden Feuerstoß Gregory Conroy tötete.

Der arme Mann verbrannte sofort.

Cole sah seine Schwägerinnen ruhig an. Erst Piper. Dann Paige.

Er lächelte.

Und löste sich auf.

Zurück blieben zwei fassungslose Hexen.

Ein *Wächter des Lichts*.

Und der zerstörte Traum von einem glücklichen Ende.

5

Sie hatte es nicht gewollt, dass er sah, wie sie die Briefe schrieb. Aber als Cole in ihrem gemeinsamen Schlafzimmer erschien, war es Phoebe egal.

»Phoebe, wir müssen dringend ...«, begann er, aber dann sah er ihren Blick.

Es war ein Blick, der von nur wenig Liebe zeugte.

»Was ist los?«, fragte er.

Es war kaum möglich, dass ihre Schwestern bereits Bericht erstattet hatten. Deshalb war er auch sofort zu ihr gekommen – er wollte derjenige sein, der von den Vorfällen berichtete.

»Wusstest du von der Wirkung des Tranks, den die Seherin mir gab?«, fragte sie ihn leise, fast tonlos.

Dieses Thema war Cole momentan gar nicht recht. Er blickte auf den Brief, der hinter Phoebe auf dem Schreibtisch lag. Als er die Anrede ›Cole‹ las, schwante ihm Böses. »Was ist das? Willst du mich verlassen?«

Phoebe drehte sich halb von ihm weg. Alle Kraft schien aus ihrem Körper gewichen. »Ich habe zwei Briefe geschrieben. Einen, in dem ich dir Lebewohl sage, einen anderen, in dem ich mich von meinen Schwestern verabschiede. Ich habe noch nicht entschieden, welchen davon ich abschicke.«

»Dann solltest du deine Entscheidung jetzt treffen.«

Cole hoffte, Phoebe endgültig auf seine Seite ziehen zu können, bevor sie von der Ermordung Gregory Conroys erfahren würde.

»Wusstest du von der Wirkung des Tranks?«, fragte Phoebe wieder, diesmal schärfer.

»Ja«, antwortete Cole. Es machte keinen Sinn, zu leugnen.

»Dann wusstest du, dass sie mich mit der Essenz des Bösen vergiften wollte?«

Cole begann, ungeduldig durch das Schlafzimmer zu wandern. »Du hast dich bei der Krönung auf meine Seite gestellt – bevor du von dem Trank genommen hattest. Der Trank hat nichts mit deiner Entscheidung zu tun.«

»Warum dann die Mühe?«, rief Phoebe enttäuscht. »Warum hast du nicht einfach der Möglichkeit vertraut, dass ich aus freien Stücken bei dir bleiben würde?«

»Weil ich weiß, wie es ist, wenn Gut und Böse in dir ringen, wenn es dich fast zerreißt«, argumentierte Cole. »Ich wollte dir diesen Schmerz ersparen!«

»Du hättest mir vertrauen sollen«, sagte Phoebe leise.

»Gut«, antwortete Cole, »jetzt weißt du, was in dem Trank ist und wie er wirkt – also trink davon! Aus freien Stücken.«

Er hielt ihr das Glas hin, doch sie stand auf und entfernte sich ein paar Schritte.

»Ich habe keine Zeit für Spielchen«, erklärte er unwirsch. »Trink – oder geh.«

»Was ist denn los mit dir?«, fragte Phoebe, die nicht verstand, warum Cole auf einmal so ungeduldig war.

»Was los ist?«, bellte er. »Du bist es! Du musstest ja unbedingt mit deinen Schwestern losziehen, um Dämonen zu jagen!«

»Cole, es ist meine Bestimmung!«, rief sie hilflos.

»Und deshalb sind wir jetzt in Gefahr«, erklärte er, »in großer Gefahr sogar. Wenn dir dein eigenes Leben schon so wenig bedeutet, oder meins, oder das des Kindes – dann solltest du wenigstens an Paige und Piper denken.«

»Wage es nicht, sie zu bedrohen«, flüsterte Phoebe heiser.

»Das tue ich nicht«, erklärte Cole. »Aber denkst du wirklich, dass mein Nachfolger im Falle eines Umsturzes sie am Leben lässt? Und ohne die Macht der Drei sind sie wehrlose Zielscheiben.«

»Ich weiß nicht, was ich tun soll«, sagte Phoebe leise. In ihrer Stimme schwang Hoffnungslosigkeit.

»Es gibt nur eine Möglichkeit«, verkündete Cole und hielt ihr wieder das Glas hin. »Trink.«

Als seine Frau nicht reagierte, versuchte er es weiter. »Du weißt, ich würde nie etwas tun, was dir schadet. Trink. Für dich, für mich – und für unseren Sohn.«

Sie sah lange, sehr lange, auf das Glas. Dann nahm sie es seufzend und leerte es in einem Zug.

Aber sie schluckte die ekelhafte Brühe nicht.

Cole nahm sie in die Arme. »Ich liebe dich.«

Sie musste sich entscheiden.

»Nichts kann uns jetzt mehr auseinander bringen«, fuhr Cole fort.

Er sah sie an.

Phoebe schluckte.

»Was meinst du damit?«, fragte sie.

Er atmete tief ein und beichtete. »Die Sache mit diesem Conroy wurde ein Problem. Ich habe mich darum gekümmert.«

Entsetzen stahl sich in ihren Blick. »Du hast ihn umgebracht?«

Cole zuckte mit den Schultern. »Es war deine Schlamperei. Ich habe nur aufgeräumt.«

Phoebe stieß ihn von sich. »Cole, weißt du, was das bedeutet? Meine Schwestern werden herkommen, sie werden nach dir suchen!«

Es war genau der Krieg, den Phoebe durch die Entscheidung für Cole hatte verhindern wollen!

»Wenn sie herkommen, werden wir ...«, begann Cole, doch Phoebe schnitt ihm mit einer Handbewegung das Wort ab. Sie drehte sich von ihm weg.

»Oh mein Gott«, keuchte sie.

»Phoebe«, versuchte Cole es erneut, »wenn es auf uns oder sie hinausläuft, dann ...«

Phoebe rannte so schnell sie konnte ins Bad.

Hier war es dunkel.

Hier war es still.

Keine Stimmen, die auf sie einredeten.

Niemand, der ihr sagte, was sie zu tun hatte.

Die letzten Wochen hatte sie immer unter Druck gestanden.

Dem Druck, sich entscheiden zu müssen.

Für Cole.

Oder ihre Schwestern.

Hier, an diesem einsamen, kalten Ort, traf Phoebe Halliwell *ihre* Entscheidung.

Endgültig.

Sie übergab sich und erbrach den Trank des Bösen in die Kloschüssel.

Cole hörte nichts davon. Er erreichte die Badezimmertür erst, als Phoebe bereits den Wasserhahn aufgedreht hatte, um sich den schlechten Geschmack aus dem Mund zu spülen.

»Phoebe?«, fragte er durch die Tür.

Sie antwortete nicht.

Enttäuscht drehte er sich um und machte sich auf den Weg ins Wohnzimmer.

Phoebe sah ihr Gesicht im Halbdunkel im Spiegel.

Es musste sein.

Sie streichelte sich über den Bauch.

»Es tut mir so Leid.«

Cole war wütend. Und enttäuscht. Er hatte gehofft, Phoebes Entscheidung für die Seite des Bösen würde seine Probleme lösen. Die Probleme mit der Unterwelt – und die Probleme mit diesen verdammten Halliwell-Schwestern.

Es kam, wie es kommen musste. Kaum hatte er an die *Zauberhaften* gedacht, materialisierten sie auch schon im Wohnzimmer. Und natürlich hatten sie Leo, den *Wächter des Lichts*, dabei.

Eine Weile lang taxierten sie sich – Cole und das Trio des Guten. Es war wie die Ruhe vor dem Sturm, die Stille vor dem Kampf. Allen war klar, dass nun das Ende bevorstand. Das Ende der *Quelle* – oder das Ende der *Zauberhaften*.

»Du mieser Bastard«, stieß Paige schließlich hervor und weil sie Cole damit einen Augenblick lang ablenkte, konnte Piper die erste Attacke einleiten.

Mit einem mächtigen Gedankenstoß ließ sie Coles Körper in tausend kleine Teile zerfallen, die wie von einer Windhose im Raum herumgewirbelt wurden. Es glich einem Herbststurm aus schwarzen Blättern.

Den *Zauberhaften* war klar, dass es Cole bald gelingen würde, sich wieder in seine alte Gestalt zurückzuverwandeln. Es blieb ihnen nur wenig Zeit.

Paige legte den ersten Kristall auf den Boden.

»Phoebe?«, rief Piper. »Wir brauchen dich hier!«

Doch Phoebe stand schluchzend hinter der Badezimmertür, unfähig, einzugreifen. Paige verteilte die Kristalle, so schnell sie konnte.

Aber Cole war die *Quelle*.

Er war stark.

Die kleinen Teilchen wurden von einem Sog erfasst und setzten sich wieder in der Form seines Körpers zusammen. Das geschah so schnell, dass Paige nicht mehr genügend Zeit hatte, den letzten Kristall in Position bringen zu können.

Mit aller Macht schlug Cole zurück.

Paige wurde quer durch den Raum geschleudert und blieb schließlich vor dem Kamin liegen. Der Kristall fiel ihr aus der Hand und schlitterte über den Marmorboden.

Leo beugte sich sofort zu seiner Schwägerin und nutzte seine Kräfte, um sie zu heilen. Aber das würde ein paar Sekunden dauern. Diese Zeit musste Piper ihnen verschaffen.

»Bringt mich nicht soweit, euch alle zu töten«, knurrte Cole, bevor ein weiterer telepathischer Stoß von Piper ihn erneut in einen Krümelwirbel verwandelte.

»Phoebe!«, rief die junge Hexe noch einmal. »Er wird uns besiegen, wenn du uns nicht hilfst!«

Diesmal gelang es Cole noch schneller als vorher, seine Gestalt wiederzuerlangen.

Als Leo Paige auf die Beine half, stand Piper direkt daneben. Sie standen Schulter an Schulter ihrem Feind gegenüber.

Cole grinste. Wie er angenommen hatte, waren die

Zauberhaften ohne die Macht der Drei eine leichte Beute für ihn.

Auf seiner Handfläche erschien eine bizarre Flammenblüte. Dieser Strahl würde die Kraft haben, den Mächten des Guten den Todesstoß zu versetzen.

Und niemand würde ihn aufhalten.

Er sah nicht, wie Phoebe endlich aus dem Bad kam. Wie sie den Kristall aufhob, den Paige verloren hatte.

Er bemerkte sie erst, als sie schon neben ihm stand, kreidebleich, die Augen verheult.

»Es tut mir Leid«, sagte er, »aber es ist besser so.«

»Ich weiß«, flüsterte sie.

Dann umarmte und küsste sie ihn.

»Phoebe?«, fragte Piper ungläubig.

Die Königin löste sich von der *Quelle*. Phoebe löste sich von Cole.

»Es tut mir auch Leid«, flüsterte sie.

Dann legte sie den vierten Kristall in die Formation um Cole herum.

Sofort begannen die Kristalle blau zu leuchten und mächtige Strahlen aus ihren Spitzen vereinigten sich über Coles Kopf, sodass sie einen magischen Käfig bildeten.

»Phoebe, nein!«, schrie Cole.

Das konnte nicht sein.

Nicht Phoebe.

Nicht jetzt!

»Es tut mir so Leid, Baby«, flüsterte Phoebe wieder und stellte sich zwischen ihre Schwestern.

»Prudence, Penelope«, begann Piper den Bannspruch, »Patricia, Melinda.«

»Ashley, Helen«, ergänzte Phoebe stockend, »Laura, Grace.«

»Die Halliwell-Hexen aller Generationen stehen uns bei«, verkündete Paige.

»Das Böse werde vernichtet«, setzte Phoebe hinzu.

»Aus Raum und Zeit«, sprachen sie im Chor.

»Ich werde dich immer lieben«, sagte Cole und in seiner Stimme war keine Falschheit, keine Hinterlist.

Phoebe konnte nicht hinschauen.

Zum Glück dauerte es nicht lange.

Coles Körper wurde von den gesammelten Mächten des Guten zerrissen.

Die Kristalle strahlten immer heller und die Druckwelle der Explosion ließ alle Fenster des Apartments bersten.

Dann war es wieder still.

Und Phoebe Halliwell eine Witwe.

6

Es war alles wieder wie früher.

Die drei Halliwell-Schwestern lebten wieder unter einem Dach, jede in ihrem Zimmer.

Und doch war alles anders.

Es gab keinen Mann mehr, der sie entzweite, keine Macht, die sie von ihrem Kampf gegen das Böse ablenkte.

Doch es gab auch kein Gelächter mehr, keine kindischen Balgereien mit Kopfkissen und keine gemeinsamen Abendessen.

Es war still im Hause Halliwell.

Piper stand am Fuß der großen Treppe und blickte versonnen nach oben. In den letzten Tagen hatte sie das oft gemacht.

Warten.

Sie konnte nichts anderes tun.

Oder?

Leo gesellte sich zu ihr. »Du solltest nach oben gehen – mit ihr sprechen.«

Piper schüttelte traurig den Kopf. »Ich wüsste nicht, was ich sagen sollte. Ich werde wohl nie nachvollziehen können, wie es ihr gerade geht. Wenn ich mir nur vorstelle, dass du …«

Leo ließ sie nicht aussprechen, sondern nahm sie in die Arme und drückte sie fest an sich.

Die Haustür ging auf und Paige kam nach Hause.

»Hi«, sagte sie.

»Hi«, antwortete Piper und löste sich aus Leos Umarmung.

»Ist sie schon wieder runtergekommen?«, wollte Paige wissen.

»Nein«, antwortete Piper.

»Wie lange stehst du schon hier unten?«

»Eine Weile.«

Paige musste lächeln. Es war schön zu sehen, wie stark die Familienbande im Haus Halliwell waren. »Vielleicht sollten wir mal nach ihr sehen.«

Auch Piper war die Ungewissheit leid: »Okay.«

Auf der Hälfte der Treppe drehte sie sich zu Paige um. »Was ist, wenn sie allein sein will?«

»Das wird sie noch viel zu oft sein«, entgegnete Paige. »Im Moment braucht sie uns, da bin ich ganz sicher.«

Schon als sie vor der Tür zu Phoebes Zimmer standen, konnten sie ihre Schwester weinen hören.

Es war nicht die Heulerei eines Mädchens, mit dem der Freund Schluss gemacht hatte.

Es waren die Tränen und der Schmerz einer erwachsenen Frau, die die Liebe ihres Lebens verloren hatte.

Ganz leise traten Paige und Piper an das Bett heran, auf dem Phoebe lag.

Es gab nichts zu reden.

Piper kletterte auf das Bett und legte den Arm um sie.

Dann umrundete Paige das Bett, setzte sich drauf und zog Phoebe heran, bis sie deren Arm über ihren Oberkörper legen konnte.

Sie hielten einander ganz fest.

Ganz eng.

Ganz lang.

Und irgendwann in dieser Nacht hörte Phoebe auf zu weinen.

Albträume

1

WEISSE KALTE KACHELN.

Der Geruch von Desinfektionsmitteln.

Lichter, die in Abständen vorbeizogen.

Das unkontrollierte Schwanken verursachte Übelkeit.

Wortfetzen waren zu hören: »Blitzwehen«, »Blutdruck schwach«, »Gebärmutter erweitert«.

Phoebe versuchte, den Kopf zu heben. Doch eine Krankenschwester drückte sie auf die Liege zurück, die von irgendjemanden durch den Gang gerollt wurde.

»Ich ... ich bin ...«, versuchte sie mühsam zu sprechen.

Ruckartig erschien ein Gesicht in ihrem Blickfeld, halb versteckt hinter einer OP-Maske. »Keine Sorge, das bekommen wir schon hin.«

Es knallte ganz furchtbar. Die Liege wurde durch die Flügeltüren in den grün gestrichenen Operationsraum gestoßen.

Man legte Phoebe einen Tropf an.

Drei Personen packten sie und hievten sie dann auf den OP-Tisch.

Es tat weh.

Phoebe hob noch einmal den Kopf.

Sie konnte ihren Bauch sehen. Ihren dicken, runden Bauch.

»Keine Sorge.« Eine Hand mit einer Stimme dahinter

drückte sie wieder zurück. »Sie sind nicht die erste Entbindung hier.«

»Ich ... ich bin doch erst im zweiten Monat«, krächzte Phoebe mühsam.

Sie merkte, wie die Beruhigungsmittel zu wirken begannen.

Alles verschwamm und die Stimmen bekamen einen eigentümlichen Hall.

»Es kommt!«, rief eine Krankenschwester vom Fußende des OP-Tisches.

Hektische Betriebsamkeit setzte ein.

Phoebe Halliwell spürte einen Druck im Unterleib.

Seltsam – sie hatte kaum Schmerzen.

Sie schloss kurz die Augen. »Bitte, lass es normal sein.«

Einzelne Bilder schossen an ihrem inneren Auge vorbei – Szenen aus Horrorfilmen, die sie als Teenager gesehen hatte. »Die Saat des Bösen«, »Es lebt«, »V« – alles Streifen, in denen normale Frauen Monster-Babys zur Welt gebracht hatten.

Nein!

Nicht ihr Baby!

Ihr Baby würde normal sein.

»Normal«, flüsterte sie.

»Ich habe den Kopf«, verkündete einer der Ärzte und Phoebe spürte, wie der Druck etwas wich.

Wo waren Paige und Piper?

»Meine Schwestern?!«, jammerte sie.

Eine Krankenschwester strich ihr den Schweiß von der Stirn. »Es ging alles zu schnell. Wir hatten keine Zeit, ihre Angehörigen zu benachrichtigen.«

Seltsam, dachte Phoebe wie im Nebel. Habe ich meine Wehen denn nicht zu Hause bekommen?

Sie konnte sich nicht erinnern.

»Okay, da haben wir den Kleinen ja«, sagte der leitende Arzt und trug einen winzigen Körper vom OP-Tisch weg.

Phoebe wollte wieder fragen, wollte Gewissheit haben.

Aber sie war zu erschöpft.

Es dauerte eine Minute, bis die Nabelschnur durchtrennt und das Baby abgewischt war.

Der Arzt trat wieder an den OP-Tisch.

Im Arm hielt er Phoebes Kind – Coles Sohn!

Und er war wunderschön!

Tränen liefen Phoebes Wangen herunter.

Ein kleiner Junge. Normale Augen, normale Hände, normale Lippen.

»Normal«, hauchte Phoebe.

Sie wollte ihn halten.

Der Arzt gab das Kind der Schwester, die nun ihre OP-Maske abnahm.

Es war ein Gesicht, das Phoebe bekannt vorkam. In ihrem Zustand brauchte sie jedoch ein paar Sekunden, um es einzuordnen.

Es war die Seherin!

Die Frau mit der dunklen Haut und den endlos tiefen Augen schaute sich das Baby kritisch an.

»Nein!«, rief Phoebe so laut sie konnte.

Hände von irgendwoher drückten sie nach unten und verhinderten, dass sie aufstehen konnte.

Die Seherin machte sich mit dem Kind davon.

Mit Phoebes Kind.

Und Phoebe schrie.

Sie schrie, bis sie in ihrem Bett aufwachte.

2

UNBESCHWERTE ZEITEN gab es schon lange nicht mehr im Haus der Halliwells. Prues Tod, die Sache mit Cole und die seltsame Heirat von Leo und Piper – alles Krisen, die inzwischen alltäglich geworden waren.

Doch heute schien es anders zu sein.

Draußen strahlte die Sonne, der Kaffee roch wunderbar und die Bagels waren ofenfrisch.

Leo las in der Zeitung.

Und Paige plapperte vor sich hin.

Alltag.

»Gestern sind wir dann zum zweiten Mal ausgegangen«, erzählte Paige, während sie von ihrer Zimtschnecke abbiss. »Aber der Typ war derart schweigsam, dass ich seinem Magen beim Verdauen zuhören konnte.«

Piper musste lächeln. »Ich mag die ruhigen Typen«, sagte sie und warf einen Blick auf die Zeitung, hinter der sich ihr Gatte versteckte. »Die hören einem wenigstens zu.«

Leo ließ das Blatt kurz sinken. »Was ist?«

Phoebe kam in die Küche. Das schwangere Nesthäkchen der Halliwells trug einen flauschigen pinkfarbenen Bademantel. Sie war blass.

»Morgen, Schätzchen«, sagte Piper gut gelaunt.

»Bäh, was riecht denn hier so komisch?«, knurrte Phoebe.

Leo schnüffelte. »Ist doch alles wunderbar.«

Paige knuffte ihn in die Seite. »Morgendliche Übelkeit, du Idiot.«

Phoebe plumpste auf einen der Küchenstühle. »Und mittägliche Übelkeit und abendliche Übelkeit. Wir können es gleich 24-Stunden-Übelkeit nennen.«

»Hast du denn wenigstens gut geschlafen?«, wollte Piper wissen.

Phoebe schüttelte den Kopf. »Ich hatte wieder diesen Albtraum.«

Piper lehnte sich zurück.

Das war nicht gut.

»Den mit der Seherin?«, hakte Paige nach.

Phoebe nickte. »Sie will mein Kind. Das weiß ich genau. Ich habe Angst, dass sie mich irgendwann zu sich rufen wird.«

»Das war ihr doch nur möglich, als du dich dem Bösen anvertraut hattest«, widersprach Leo. »Jetzt hat sie keine Macht mehr über dich.«

»Die Seherin wird weder dich noch dein Baby bekommen. Versprochen«, sagte Piper eindringlich.

»Nur über meine Leiche«, bekräftigte Paige entschlossen.

»Danke«, murmelte Phoebe und spielte gedankenverloren mit einem Buttermesser.

»Und sonst? Alles okay?«, hakte Piper nach.

Phoebe zuckte mit den Schultern. »Geht schon. Der Schmerz kommt immer in Wellen.«

Piper legte ihr die Hand auf den Arm. »Liebling, du hast deinen Mann verloren. Es ist nur natürlich, dass dich das belastet.«

»Darf es aber nicht«, entgegnete Phoebe kopfschüttelnd, »ich muss stark sein – für das Baby. Es ist alles, was mir von Cole geblieben ist.«

Paige beendete ihr Frühstück. »Ich sehe mal im *Buch der Schatten* nach, ob es nicht einen Bannspruch gibt, der uns die Seherin vom Leib hält.«

Sie stand auf, aber Piper hielt sie zurück. »Moment mal. Was ist mit deinem Job?«

Paige winkte ab. »Dann komme ich halt mal zu spät. Phoebes Wohlbefinden ist wichtiger.«

Sie machte sich auf den Weg zum Dachboden.

Phoebe und Piper sahen sich an.

Paige war immer noch neu in der Familie und machte es ihren Schwestern nicht gerade einfach. Sie redete, wie ihr der Schnabel gewachsen war und mischte sich überall ein.

Andererseits fühlte sie sich immer noch als Außenseiterin und bemühte sich darum ein Teil der *Zauberhaften* zu werden. Aber das war ein Kampf gegen Windmühlen.

Phoebe stand auf. »Paige, warte!«

Sie fing ihre Halbschwester am Treppenabsatz ab. »Okay, sag es.«

Paige verstand nicht ganz. »Sag was?«

»Ich weiß, dass dir etwas auf den Nägeln brennt, und zwar schon seit Tagen. Also raus damit.«

Immer noch schaute Paige verständnislos. »Phoebe, ich habe wirklich keinen Schimmer, was du meinst.«

»Na gut. Du hast geahnt, dass Cole böse ist. Doch keiner wollte dir glauben und ich schon gar nicht. Also raus damit.«

Paige legte den Kopf schräg. »Genauer.«

»Du kannst es ruhig sagen: *Ich habe es ja gleich gewusst*. Das ist kein Problem. Stimmt ja auch.«

Paige lächelte. »Das ist nicht meine Art.«

Schade, denn damit wäre die Sache erledigt gewesen. So aber musste Phoebe noch weiter gehen. »Ich bin in den letzten Wochen echt eklig zu dir gewesen. Und dabei hast du mir doch bloß helfen wollen.«

»Ich weiß deine Entschuldigung wirklich zu schätzen«, versicherte Paige, »aber es ist nicht nötig. Ich bin dir nicht böse.«

Sie drehte sich um und ging die Treppe hinauf.

Phoebe ging in die Küche zurück. Sie war froh, das Thema wenigstens angeschnitten zu haben.

Plötzlich wurde ihr schwindelig und sie musste sich an einer Stuhllehne festhalten.

»Wieder eine dieser Hitzewallungen?«, fragte Piper besorgt.

Phoebe nickte und setzte sich vorsichtig hin. »Passiert besonders gern, wenn ich mich schnell bewege.«

Piper runzelte die Stirn: »Soweit ich weiß, ist das kein typisches Schwangerschaftssymptom. Vielleicht ist es an der Zeit, das Baby mal untersuchen zu lassen.«

Phoebe wusste natürlich, dass Piper Recht hatte. Aber ihre Angst war stärker. Also versuchte sie, sich um das Thema herumzumogeln. »Würde ich ja. Aber ich hatte noch keine Zeit ...«

»... einen Arzttermin zu machen?«, vollendete Piper. »Kein Problem. Ich habe einen. Den schenke ich dir.«

»War das wegen der Fruchtbarkeitsuntersuchung?«, mischte sich Leo ein.

»Ja«, beschied Piper ihm knapp, »aber Phoebe braucht den Termin momentan dringender.«

»Was soll ich denn zum Arzt sagen?«, fragte Phoebe entnervt. »Dass er sich nicht wundern soll, wenn das Baby

Hufe und zwei Hörner hat? Wer weiß, was der Trank der Seherin bei meinem Kind angerichtet hat!«

»Genau darum geht es doch«, beharrte Piper. »Wenn es dich beruhigt, komme ich mit. Und falls was schief geht, halte ich die Zeit an. Ende der Debatte.«

Sie griff nach dem Telefon.

Phoebe seufzte, obwohl sie wusste, dass sie Gewissheit brauchte.

Verwirrung und Verzweiflung hatten diese Dimension in den letzten Tagen beherrscht, auch wenn hier Zeit keine Rolle spielte. Seit der Vernichtung der neuen *Quelle*, die nur wenige Wochen regiert hatte, war die Unterwelt ohne Führung. Die Dämonen-Clans bekriegten einander und das Ziel – die Vernichtung des Guten – geriet in Vergessenheit.

Es war notwendig, eine neue *Quelle* zu ernennen.

Die Hölle brauchte einen Herrscher.

Fast alle Führer der Dämonenkasten waren anwesend. Sie standen in Gruppen um die Plattform herum, auf der die Zeremonie stattfand.

Die Plattform war mit tausenden von Symbolen der Schwarzen Magie bemalt. In der Mitte stand ein Hohe Priester der Hölle, in der Hand einen Zeremonienstab. Auf einem kleinen Podest lag die *Gremoir*, das Buch der Hölle.

»Bist du, Dane Jotton, Sohn von Goath, bereit, das Böse in dich aufzunehmen? Bist du bereit, dich auf ewig der Aufgabe zu widmen, als *Quelle* das Böse voranzuführen?«

Der gut aussehende Mann, der vor dem schwarzen Priester auf dem Boden kniete, sah auf. »Ich bin bereit.«

Natürlich war er das. Seit Jahren hatte Dane auf dieses Ziel hin gearbeitet. Er hatte die schmutzigsten Arbeiten für die widerlichsten Dämonen erledigt, um in der Hierarchie aufzusteigen. Er hatte sich dem schwächlichen Versager Cole angedient, um die Pläne der neuen *Quelle* zu hintertreiben. Und er hatte sogar seinen Drang, dieses Miststück von Königin zu erwürgen, unterdrückt.

Und jetzt war es endlich soweit.

Jetzt würde er die Krone der Hölle bekommen!

»Stoppt die Krönung!«, rief eine Stimme aus dem Dunkel.

Selbst hochrangige Dämonen hielten den Atem an. Wer wagte es, die Zeremonie zu stören?

Es war die Seherin.

Dane war sichtlich verärgert. »Seherin. Ich hatte deinen Namen nicht auf der Gästeliste gesehen.«

»Eine seltene Ehre«, verkündete der Hohe Priester mürrisch, »aber momentan etwas ungelegen. Was führt Euch her?«

»Eine Vision!«, rief die Seherin theatralisch. »Ich habe den wahren Erben der *Quelle* an der Spitze der Unterwelt gesehen!«

»Dann solltest du dir eine Brille anschaffen«, zischte Dane verächtlich. »Der Erbe steckt noch im Bauch einer Hexe!«

Der Hohe Priester nickte. »Wir können nicht Monate auf seine Geburt warten und Jahre, bis er bereit ist, uns zu führen. Wir brauchen einen Herrscher – jetzt!«

Die Seherin ließ sich nicht beeindrucken. »In meiner Vision hatte der Erbe die Macht schon heute.«

Jetzt musste Dane lachen. »Wie soll ein ungeborenes Kind die Unterwelt führen?«

»Mit meiner Hilfe«, sagte die Seherin ungerührt.

Der Hohe Priester schien interessiert. Da seine Position strikt neutral war, musste er Dane nicht verteidigen. »Was wollt Ihr von uns?«

»Eine Chance, meine Vision zu belegen«, flüsterte die Seherin dramatisch.

»Sie hat kein Recht, das zu fordern!«, rief Dane. »Ich wurde von den Anführern gewählt!«

»Aber du bist mit der alten *Quelle* nicht durch eine Blutslinie verbunden«, belehrte ihn der Priester. Er wandte sich an die Seherin. »Ihr habt bis heute Nacht Zeit, um den Erben herbeizubringen. Sonst fällt der Thron an Dane.«

Dane sah die Seherin an.

Sie blickte zurück.

Das war mehr als ein Zeitlimit.

Es war der Startschuss für einen Machtkampf.

»Ihr Hormonspiegel ist für die achte Woche ungewöhnlich hoch«, sagte Dr. Forester, während er sich die Testergebnisse ansah. »Haben Sie seit der Entdeckung der Schwangerschaft keinen Arzt aufgesucht?«

Phoebe hockte auf der Liege und sah den freundlichen Mediziner schuldbewusst an. »Eine Seherin hat sich bisher darum gekümmert.«

»Eine Seherin?«, fragte Forester verdattert.

»So eine Art Esoterik-Doktor«, sprang Piper bei und versuchte, ihre Schwester per Blick zu töten.

»Sie hätten auf jeden Fall einen Arzt aufsuchen sollen«, murmelte Forester etwas pikiert. »Einen richtigen Arzt.«

»Denken Sie, mit dem Kind könnte etwas nicht in Ordnung sein?«, fragte Phoebe.

»Schauen wir es uns doch einfach mal an«, schlug Forester vor. Er legte die Krankenakte beiseite. »Legen

Sie sich zurück und dann machen wir eine Ultraschall-Untersuchung.«

Er nahm eine Platikflasche von einem rollenden Wägelchen neben dem Untersuchungstisch. Dann hob er Phoebes Patientenkittel so weit hoch, dass ihr Bauch frei lag.

»Das Gel ist leider ein bisschen kalt«, murmelte der Arzt beiläufig, während er den Bauch einschmierte.

Er verschloss die Flasche und legte sie wieder in das Wägelchen zurück.

Es war gut, dass er Phoebe gerade nicht sehen konnte.

Auch Piper blickte woanders hin.

Mit einem leisen Zischen schossen plötzlich Flammen aus ihrem Kopf, als hätte jemand dort ein Lagerfeuer entzündet. Hellgelbe Feuerzungen stiegen in die Höhe.

Der Spuk dauerte nur eine halbe Sekunde.

Erschrocken hielt Phoebe den Atem an. Sie tastete vorsichtig ihren Kopf ab.

Jetzt merkte Piper, dass etwas nicht in Ordnung war.

»Was ist los?«, fragte sie besorgt.

»Hitzewallungen«, keuchte Phoebe entgeistert. »Und wenn ich Hitze sage, meine ich Hitze.«

»Kein gutes Zeichen«, murmelte Dr. Forester, der sich nun mit dem Ultraschall-Gerät wieder zu den Schwestern drehte.

»Sie hat das in letzter Zeit öfter«, berichtete Piper.

»Nicht so!«, widersprach Phoebe. »Mein Kopf stand in Flammen – und das meine ich wörtlich!«

»Sehen wir mal nach«, beendete Forester die für ihn seltsame Konversation und drückte das Gerät sanft auf Phoebes Bauch. Er warf einen Blick zum Monitor. »Da haben wir es ja schon.«

Für Piper und Phoebe war auf dem Bildschirm zuerst mal nur eine grauweiße Masse zu sehen, die beständig pulsierte. Sie mühten sich, irgendetwas zu erkennen.

»Schauen Sie, dort …«, begann Forester, doch er konnte den Satz nicht mehr beenden.

Durch das Ultraschall-Gerät und das angeschlossene Kabel zuckte von Phoebes Bauch her ein blauer Blitz, der den Mediziner wie ein Hammerschlag traf. Er wurde quer durch den Raum geworfen und landete schließlich auf dem Boden.

Piper schrie entsetzt auf. Ihr Blick schwankte von Phoebe zu Dr. Forester und wieder zurück.

Mühsam kam der Arzt wieder auf die Füße. »Was war das denn?«

»Gute Frage«, keuchte Piper. Sie ließ Forester mit einer Handbewegung einfrieren und wandte sich an Phoebe. »Das würde ich auch gerne wissen.«

»Wurde aber auch Zeit, dass du ihn erstarren lässt«, knurrte Phoebe. »Meine Birne brannte eben, als wäre ich ein Leuchtfeuer.«

»Nicht vom Thema ablenken«, zischte Piper böse. »Hat dein Baby da gerade den netten Onkel Doktor angegriffen?«

»Ja«, gab Phoebe kleinlaut zu. »Aber es wollte sich doch nur schützen. Das Gel war wirklich verdammt kalt.«

»Schützen?«, rief Piper empört. »Phoebe, ungeborene Babys im ersten Trimester zaubern gewöhnlich nicht!«

»Das weiß ich!«, keifte Phoebe und zog ihre Schwester zu sich. »Was geht in mir vor?«

»Keine Ahnung«, bekannte Piper. »Aber nur die Ruhe. Wir verdrücken uns, fahren heim – und bekommen da einen hysterischen Anfall.«

Sie gaben eilends Fersengeld, während der arme Dr. Forester noch einer weiteren Stunde magischer Erstarrung entgegensah.

»Hier steht, dass die Seherin vielen *Quellen* gedient hat«, erläuterte Paige und deutete dabei auf den entsprechenden Eintrag im *Buch der Schatten*. »Sie muss viele tausend Jahre alt sein.«

Leo sah über ihre Schulter. »Erstaunlich.«

In diesem Moment betraten Phoebe und Piper aufgeregt den Raum.

»Wie ist es gelaufen?«, fragte Leo.

»Mein Baby kann zaubern«, verkündete Phoebe beiläufig.

»Es hat fast meinen Hausarzt umgebracht«, setzte Piper die Story ins richtige Licht.

»Das war Selbstverteidigung«, maulte Phoebe.

»Das kommt davon, wenn man mit der *Quelle* ins Heu geht«, stellte Paige lakonisch fest.

Phoebe kniff die Augen zusammen. »Könnten wir bitte solche Kommentare unterlassen? Außerdem hatte Cole auch einen guten Teil – und ich bin sowieso vollständig gut. Das bedeutet doch, dass unser Kind eine Menge Gutes in sich trägt.«

Leo sagte zu dem Thema lieber nichts. Das übernahm seine Frau. »Und wenn nicht?«

»Dann werde ich es bekehren«, sagte Phoebe leise. »Meine Liebe konnte Cole verändern, also kann sie auch unseren Sohn retten.«

»Hoffen wir's«, murmelte Piper.

»Nicht hoffen – machen«, hielt ihr Phoebe verzweifelt

entgegen. Sie wandte sich an Paige. »Was hast du über die Seherin rausgefunden?«

Paige atmete tief ein und deutete wieder auf das *Buch der Schatten*. »Sie ist immun gegen unsere Kräfte, aber trotzdem keine hochrangige Dämonin.«

»Das heißt, wir könnten einen Zaubertrank mischen«, fuhr Leo fort.

»Dazu brauchen wir aber eine Gewebeprobe von ihr«, schränkte Piper ein.

Einen Moment lang herrschte Stille.

Das war ein Problem.

Es war Phoebe, die eine Lösung parat hatte. »Die Seherin hat ihr eigenes Blut in meinen Trank gemischt.«

»Igitt«, keuchte Paige.

»Stimmt«, bestätigte Phoebe, »aber das Gute daran ist, dass Cole immer ein paar Extra-Fläschchen davon in seinem Safe aufbewahrte und wir deshalb nun eine Gewebeprobe besitzen.«

»Fühlst du dich schon wieder stark genug, um ins Penthaus zu gehen?«, fragte Paige skeptisch. »Du warst schließlich nicht mehr da, seit wir Cole ... seit Cole gestorben ist.«

Phoebe atmete kräftig ein. »Ich werde wohl nie stark genug sein, aber schließlich kann ich mir auch nicht ewig deine Klamotten ausleihen.«

»Also dann«, sagte Piper und klatschte in die Hände.

»Musst du nicht zur Arbeit?«, fragte Phoebe Paige.

Diese winkte ab. »Ich nehme mir frei. Wer braucht schon Urlaubstage?«

»Danke«, flüsterte Phoebe lächelnd, »MISTSTÜCK!«

Sie fuhr herum und für einen Moment sah sie aus, als wäre der Hass der ganzen Welt in sie gefahren.

Mit einer beiläufigen Handbewegung verpasste sie Paige einen telepathischen Stoß, der ihre Halbschwester mit unglaublicher Kraft durch das Buntglasfenster katapultierte.

Wie eine Sternschnuppe rauschte Paige in einem Regen aus Glas dem mit Steinplatten ausgelegten Weg der Haustür entgegen – dort stand gerade Inspector Daryl Morris.

Aus dem Augenwinkel nahm Paige den sympathischen Polizisten wahr.

Ihr blieb noch Zeit für zwei kurze Gedanken.

Der erste war: Nett, Daryl kommt zu Besuch – dann lande ich wenigstens nicht so hart.

Ihr zweiter Gedanke: Nichts wie weg.

Daryl Morris hingegen konnte keinen klaren Gedanken fassen. Er hörte das Krachen des Fensters, sah einen Körper fallen, riss instinktiv die Arme hoch – und wurde von ein paar bunten Glassplittern getroffen.

Paige entmaterialisierte in der Luft!

Und Leo, Piper und Phoebe versuchten das zu verdauen, was gerade geschehen war.

Unglaublich!

Phoebe rannte zum Loch in der Wand, das einmal das Fenster gewesen war und sah nach unten.

Keine Paige!

Dafür ein verdatterter Polizeibeamter, der sich Glasscherben vom Jackett pickte.

Ein leises Klingeln kündigte eine Teleportation an und kaum eine Sekunde später stand Paige wieder auf dem Dachboden. Auch sie zupfte sich vorsichtig Splitter aus ihrer Angora-Jacke.

»Was zum Geier sollte das denn?«, fragte sie sauer.

»Das würde ich auch gerne wissen«, erklärte Piper und sah Phoebe böse an.

»Da müsst ihr ihn fragen«, murmelte die jüngste der Halliwells schockiert und streichelte über ihren Bauch.

Piper beugte sich vor und sprach Phoebes Bauchnabel nun direkt an. »Okay, kleiner Mann! Warum hat deine Mami ihrer Schwester aua-aua gemacht?«

Phoebe rollte mit den Augen. »So meinte ich das nicht. Es war, als hätte das Baby für den Bruchteil einer Sekunde die Kontrolle übernommen.«

»Aber warum ging das gegen mich?«, wollte Paige wissen. »Ich habe nichts gegen den kleinen Ba ... Banausen.«

»Es tut ihm bestimmt Leid«, nölte Phoebe. »Kinder in dem Alter wissen es einfach nicht besser.«

Es war allen Beteiligten klar, wie blödsinnig das klang.

Leo räusperte sich. »Ich frage wohl besser mal oben nach, ob man dort etwas über das Baby weiß.«

Mit diesen Worten löste er sich in Luft auf.

»Ich bin sicher, die Sache hat was mit der Seherin zu tun«, konstatierte Piper. »Wir sollten uns die Gewebeprobe der Seherin beschaffen.«

Die drei Schwestern machten sich auf den Weg zum Penthaus, trafen aber auf der Treppe nach unten Daryl Morris, der sichtlich erregt war. »Kann mir mal eine von euch erklären, was da eben passiert ist?«

»Probleme mit dem Nachwuchs«, murmelte Phoebe, während sie an Daryl vorbeimarschierte.

»Phoebe hat mich aus dem Fenster geworfen«, ergänzte Paige und ließ Daryl ebenfalls links liegen.

Als auch Piper schnurstracks an ihm vorbei ging, warf Daryl entnervt die Arme gen Himmel. »Ich habe euch vier

Nachrichten hinterlassen. Hat denn keine von euch jemals die Bedienung des Anrufbeantworters gelernt?«

»Daryl, wir hatten eine harte Woche!«, rief Piper ungeduldig.

Das wusste der junge Beamte natürlich und es tat ihm auch schon Leid, den Hexen so nahe getreten zu sein. »Sicher, sorry. Phoebe, wie geht es dir?«

Sie winkte ab. »Das kommt darauf an, zu welcher Tageszeit du fragst.«

Daryl ging den Schwestern hinterher. »Ich weiß, ihr habt es gerade nicht leicht, aber es gibt da eine Sache, die keinen Aufschub duldet.«

»Ist sicher dringend«, murmelte Piper, während sie ihre Jacke vom Haken nahm, »aber bestimmt nicht so dringend wie der Dämon, der hinter Phoebe her ist.«

»Da wäre ich nicht so sicher«, erklärte Daryl. »Cole arbeitete für eine sehr angesehene Kanzlei und momentan seid ihr drei die Einzigen, die wissen, dass er tot ist.«

»Das muss warten«, sagte Paige, während sie eine Weste überwarf, »wir sind auf dem Weg zum Penthaus.«

»Prima«, hielt Daryl dagegen, »genau da müssen wir nämlich ansetzen.«

Er war entschlossen, den Halliwell-Schwestern auf den Fersen zu bleiben.

Im Apartment war noch alles wie in der Nacht, als die Hexen Cole Turner vernichtet hatten. Sämtliche Fenster im Wohnzimmer waren von der magischen Druckwelle zerborsten, sodass ein kalter Wind durch die Räume fegte. In der Mitte des Raumes war ein schwarzer klebriger Fleck – die letzten Überreste von Cole, der neuen *Quelle*.

Unterwegs hatte Daryl den Schwestern erklärt, wo das Problem lag, und als sie aus dem Fahrstuhl stiegen, fasste er noch einmal zusammen. »Es muss so aussehen, als hätte Cole kurzfristig die Stadt mit unbekanntem Ziel verlassen. Also solltet ihr ein paar Klamotten von ihm und seine persönlichen Dinge einpacken.«

Piper und Paige nickten, aber Phoebe reagierte nicht. Sie starrte nur auf den Fleck am Boden, der mal ihr Ehemann gewesen war.

»Bist du okay?«, wollte Piper wissen.

»Geht schon«, murmelte Phoebe, doch man sah ihr an, dass es nicht stimmte. Aber sie riss sich zusammen und sah Daryl an. »Warum muss das mit den Klamotten heute sein?«

Daryl wandt sich ein wenig. »Ich habe heute für euch einen Termin bei der Vermisstenstelle im Präsidium gemacht.«

Paige verstand nicht ganz, was das sollte. »Du willst, dass wir Cole als vermisst melden?!«

Der Polizeibeamte nickte. »Phoebe muss es tun. Sie ist seine Frau und wenn sein Verschwinden von jemand anderem bemerkt wird, ist sie sofort unter Verdacht.«

»Also soll ich seine Sachen packen und verschwinden lassen, damit die Polizei glaubt, er hätte sich aus dem Staub gemacht«, rekapitulierte Phoebe.

»Genau«, bestätigte Daryl, »es darf für die Polizei keinen Hinweis geben, dass etwas nicht mit rechten Dingen zugegangen ist. Denn genau genommen habt ihr ihn schließlich getötet.«

Die drei Schwestern brauchten ein paar Sekunden, um

das zu verdauen. So hatten sie die Sache noch gar nicht gesehen. Aber es stimmte – für die Welt war Cole Turner ein erfolgreicher Anwalt gewesen. Und de facto hatte seine Frau ihn mit Hilfe ihrer Schwestern ermordet.

Daryl sah sich in dem Chaos aus Brandflecken und Glasscherben um, bis er die schwarzen Reste auf dem Boden entdeckte. »Was ist das?«

»Da haben wir Cole ...«, begann Piper, bemerkte aber dann Phoebes deprimierten Blick, »... du weißt schon.«

Daryl seufzte. »Das Apartment sieht aus wie ein Tatort aus dem Kriminalistik-Lehrbuch. Könnt ihr da was machen?«

Piper und Phoebe schüttelten die Köpfe, aber Paige streckte langsam die Hände nach vorne. »Die Wurzel des Übels, der Herd der Gefahr, sei vergangen und alles sei, wie es war.«

Weiße Lichtreflexe begannen über die Möbel und die Wände zu tanzen. Wie kleine Heinzelmännchen reinigten sie den Boden, saugten die Glasscherben wieder in die Fensterrahmen und richteten die verwelkten Blumen wieder auf. In nur zwei Sekunden sah das Apartment aus, als wäre es gerade dem Frühjahrsputz unterzogen worden.

Phoebe und Piper sahen sich an – manchmal hatte Paige mehr drauf, als sie dachten.

»Danke«, murmelte Phoebe.

»Gern geschehen«, antwortete Paige und legte ihrer Schwester den Arm auf die Schulter. »Ich wünschte nur, ich könnte auch deinen Schmerz wegzaubern.«

»Das wäre schön«, flüsterte Phoebe, »DU MIESE SCHLAMPE!«

Paige sah den Arm nicht kommen – und als Phoebes Faust mit voller Wucht ihr Gesicht traf, war es zu spät.

Klassischer K.o.!

Paige fiel um wie ein Sack Zement.

Piper war sofort da, ihrer im wahrsten Sinne des Wortes niedergeschlagenen Schwester beizustehen.

»Das war das Baby«, jammerte Phoebe leise.

»Jetzt habe ich aber genug«, knurrte Piper, während sie Paige wieder auf die Beine half, »wir teilen uns in zwei Gruppen auf. Du und Daryl, ihr packt die Sachen. Paige und ich werden den Trank der Seherin suchen.«

Phoebe nickte und zog den Polizisten in Richtung Schlafzimmer.

»Was redet ihr die ganze Zeit von einem Baby?«, wollte Daryl wissen, während er sich vorsichtig umsah. »Ist das so ein unsichtbares Teufelskind, auf das ich nicht treten darf?«

»Es ist etwas komplizierter«, seufzte Phoebe.

Als die beiden aus dem Raum waren, machte Paige ihrem Ärger Luft. »Bin ich die Einzige, die sich Sorgen macht, weil in Phoebe ein ... ein Ding heranwächst?«

Piper schüttelte langsam den Kopf. »Nein, bist du nicht. Aber der Trank hat jetzt Vorrang.«

Paige deutete auf ein Gemälde mit einer italienischen Dorflandschaft. »Dahinter soll der Safe sein.«

Piper fasste den Rahmen an und zog an verschiedenen Stellen, bis das Bild schließlich nach rechts aufschwang wie eine Tür.

Tatsächlich, da war der Safe. Klein, modern – und praktisch nicht zu knacken.

»Und Phoebe weiß die Kombination nicht«, seufzte Piper.

»Ist nicht nötig«, verkündete Paige und konzentrierte sich einen Moment lang: »Safetür!«

Die Tür zum Tresor schimmerte leicht und löste sich auf – aber im selben Moment tauchte sie in Paiges Armen wieder auf!

Ächzend legte die junge Hexe das schwere Metallteil beiseite. »Ein sehr praktischer Trick, wenn man Schwierigkeiten mit der Bank hat.«

Piper warf einen Blick in den Safe. »Hier ist nichts drin.«

»Kein Trank?«, fragte Paige ungläubig.

»Nein.« Piper schüttelte den Kopf. Dann entdeckte sie doch etwas. »Warte mal, hier liegt ein Umschlag.«

Sie zog den Brief hervor, auf dem in klaren geschwungenen Buchstaben »Phoebe« stand. »Es ist Coles Handschrift.«

»Cole, der Mensch – oder Cole, die *Quelle?*«, hakte Paige nach.

»Keine Ahnung«, antwortete Piper, »aber das muss Phoebe wissen.«

Sie steckte den Umschlag in die Tasche.

Zärtlich streichelte Phoebe über den riesigen weißen Teddybären, der auf dem gemeinsamen Ehebett saß. »Den hat mir Cole an dem Tag geschenkt, als ich ihm sagte, dass ich schwanger bin.«

Daryl fühlte sich unwohl und fehl am Platz. »Okay, ich räume seine Sachen zusammen und du kümmerst dich um deinen Kram.«

Es war nicht nur die Tatsache, dass er mit Phoebes Gefühlen nicht umgehen konnte – was er da gerade machte, brach ein halbes Dutzend Paragraphen des Strafgesetzbuches. Er riskierte nicht nur seine Karriere, sondern auch sein Leben als freier Bürger.

Phoebe nickte und begab sich langsam zur Tür des Ankleidezimmers.

Es hätte ihr auffallen sollen, dass der Türknauf ungewöhnlich warm war.

Es hätte ihr auffallen sollen, dass ein bläuliches Licht unter der Türritze zu sehen war.

Aber es fiel ihr nicht auf. Und deshalb öffnete Phoebe die Tür. Und deshalb rissen dämonische Mächte sie mit aller Kraft in das wirbelnde Dimensionstor, das in der Mitte des Ankleidezimmers in der Luft hing.

Waagerecht wurde Phoebe hineingezogen. Es war wie ein Sog, tausend kleine Hände, die an ihrem Körper rissen. Ihr Oberkörper verschwand in dem Wirbel und fand sich in einer der Höllendimensionen wieder.

Phoebe konnte die Seherin erkennen, die ungeduldig darauf wartete, dass der ganze Körper der jungen Hexe vor ihr erscheinen würde.

Doch plötzlich spürte Phoebe, wie zwei kräftige Hände sie an den Fußgelenken packten.

Daryl!

»Ich habe dich!«, schrie der Polizist, obwohl er nicht wusste, was eigentlich vor sich ging.

Es war eine bizarre Situation – Phoebe hing in der Luft, mit dem Oberkörper in der Höllendimension und mit den Beinen in einem Penthaus in San Francisco!

»Ich habe auf dich gewartet«, zischte die Seherin, die nicht mitbekam, dass Phoebe von der anderen Seite festgehalten wurde.

»Du wirst mein Baby nie bekommen!«, schrie Phoebe in Panik.

Die Seherin packte ihre Hände. »Ich will das, was mir zusteht!«

Sie begann zu ziehen.

Phoebe hatte das Gefühl, in der Körpermitte auseinander gerissen zu werden.

Aus der Ferne konnte sie Daryls verzweifelte Stimme hören. »Ich schaffe das nicht allein!«

Sie spürte seine Hände abrutschen. Sah das triumphierende Gesicht der Seherin. Fühlte die Kräfte, die sie in die Dämonenwelt zogen.

Doch da! Neue Hände! Sechs Hände insgesamt, die sich um ihre Waden wickelten und feste zogen.

Ihre Schwestern.

Trotz der verzweifelten Lage musste Phoebe lächeln.

Und die Seherin sah es.

Blitzschnell packte Phoebe zu und griff nach einem der silbernen Schmuckstücke, die am Ohr der Seherin baumelten.

Dann schoss Phoebe mit einem Ruck wieder in die Welt der Menschen zurück, begleitet vom schmerzerfüllten Schrei der Seherin.

Heulend schloss sich das Höllentor.

In der Wohnung zurück blieben wild verstreute Papiere, ein verdatterter Polizist und drei magisch begabte Schwestern, die glücklicherweise auf dem bequemen Bett gelandet waren.

Phoebe rappelte sich auf und reichte Piper den Ohrring, von dem dunkelrote Flüssigkeit tropfte. »Hier hast du deine Gewebeprobe.«

3

Es war ein hartes Stück Arbeit gewesen, aber nach drei Stunden am Herd hatte Paige endlich den Zaubertrank fertig, der die Seherin vernichten sollte.

Auch Piper blickte zufrieden auf die Früchte ihrer Arbeit – im wahrsten Sinne des Wortes, denn sie hatte für Phoebe einen Teller mit frischem Obst angerichtet. Die Jüngste im Clan brauchte ihre Kräfte.

»Okay, ich bringe die Vitaminbombe zu Phoebe«, erklärte Piper. »Du bleibst hier, damit ihr Baby nicht wieder provoziert wird.«

»Als ob das meine Schuld ist«, protestierte Paige.

Piper winkte ab. »Du weißt genau, was ich meine.«

Sie fand Phoebe im gemütlichen Esszimmer. Seltsamerweise hatte die junge Hexe die Augen geschlossen und drückte einen Kopfhörer auf ihren Bauch, aus dem leise klassische Musik zu hören war.

»Was machst du denn da?«, wollte Piper wissen.

Phoebe schlug die Augen auf. »Ich spiele dem Kind Mozart vor. Studien haben bewiesen, dass Babys positiv auf Musik reagieren und sich später sogar an Melodien erinnern können.«

Piper war skeptisch. »Na prima. Aber du solltest jetzt erst mal etwas essen. Du hattest den ganzen Tag noch nichts.«

»Es geht mir eben nicht gut«, maulte Phoebe.

»Uns auch nicht, aber das ist keine Entschuldigung«, beharrte Piper.

Lustlos nahm Phoebe ein knallrotes Stück Wassermelone. Doch statt hineinzubeißen, wedelte sie damit herum, während sie sprach. »Ich sollte es vielleicht mal mit Akupunktur versuchen. Darüber habe ich viel Gutes gehört.«

Piper ignorierte ihre Worte. Wie gebannt starrte sie auf die Melonenscheibe, die sich in Phoebes Hand in ein rohes Stück Fleisch verwandelte, als die junge Hexe gerade reinbeißen wollte.

»Nicht essen!«, rief Piper entsetzt und schnappte ihrer Schwester das Fleisch aus der Hand.

Nun sah auch Phoebe, wo sie beinahe reingebissen hätte. »Iiiihhhh! Ich glaube, ich muss mich übergeben!«

Piper ließ das Fleisch auf den Tisch fallen. »Vielleicht würde dein Baby lieber Heavy Metal hören.«

Bevor sie sich weiter mit dem Phänomen beschäftigen konnten, erschien Leo in seinem üblichen Funkenregen.

»Der Rat der Ältesten meint, dass die Seherin es auf den Posten der *Quelle* abgesehen hat«, berichtete er, »aber dazu braucht sie Phoebes Baby.«

»Die Seherin will die neue *Quelle* werden?«, wiederholte Phoebe ungläubig. »Aber was hat das mit meinem Baby zu tun? Es soll doch erst in sieben Monaten auf die Welt kommen!«

»Ist egal«, stellte Piper fest, »beim nächsten Mal werden wir besser vorbereitet sein.«

»Beim nächsten Mal?«, fragte Leo irritiert.

»Sie hat versucht, Phoebe aus dem Penthaus zu kidnappen«, erklärte Piper. Dann drehte sie sich in Richtung Küche. »Wo bleibt der Trank?«

Paige tauchte mit dem Topf in der Hand im Esszimmer auf. »Ist fertig, muss aber noch etwas abkühlen.«

Der Anblick ihrer Schwester ließ Phoebe wieder durchdrehen. Sie war blitzschnell aufgesprungen und hatte einen Flammenstrahl auf Paige abgefeuert.

Die junge Hexe schrie auf, sprang zur Seite – und ließ dabei den Topf fallen.

Glück gehabt – der Feuerstrahl verpuffte wirkungslos in der Wand.

Aber der Topf war auf dem Boden gelandet, wo der schwere Teppich die Flüssigkeit sofort aufsaugte.

Endlich reagierte Piper und drückte Phoebes Arm nach unten. Dann eilte sie ihrer anderen Schwester zur Hilfe.

»Geboren oder ungeboren«, schimpfte Paige, »diesem Balg gehört der Hintern versohlt!«

Phoebe blickte betreten zu Boden.

Piper scheuchte Paige in die Küche. »Geh lieber.«

Leo besah sich die Bescherung auf dem Boden an. »Soviel zum Zaubertrank.«

»Wieso greift dein Baby immer nur mich an?«, rief Paige aus der Küche.

Phoebe war da überfragt. »Vielleicht lehnt er dich ab, weil du seinen Vater nicht mochtest.«

»Als ob ich dazu nicht guten Grund gehabt hätte!«, protestierte Paige. »Vielleicht hast du ja was gegen mich und das Baby ahmt bloß die Mama nach?«

»Jetzt ist aber genug!«, bellte Piper. »Ihr beiden werdet vorläufig nicht mehr miteinander reden. Ihr werdet euch nicht einmal mehr im selben Raum aufhalten.«

Sie hatte jetzt völlig das Kommando übernommen und mit strengem Blick drehte sie sich zu Paige um. »Hast du noch ein Stückchen vom Ohr der Seherin, um einen neuen Trank zu mischen?«

»Ja«, maulte Paige kleinlaut.

»Dann leg los.« Piper drehte sich zu Phoebe. »Und du schaust in das *Buch der Schatten*, um rauszufinden, wie man dieses Monsterbaby in den Griff bekommt.«

»Geht nicht«, widersprach Phoebe, »ich habe Daryl versprochen, die Vermisstenstelle aufzusuchen.«

»Davon würde ich abraten«, mischte sich Leo ein. »Das Baby ...«

»... ist in Ordnung, solange man es nicht reizt«, sagte Phoebe trotzig und hob dann ihre Stimme, »oder seinen Vater beleidigt!«

»Das habe ich gehört!«, kam es patzig aus der Küche.

»Wie kannst du so etwas sagen?«, fragte Piper. »Mit diesem ... in deinem Zustand kannst du doch nicht unter die Leute gehen.«

Phoebe schüttelte den Kopf und wiederholte, was Daryl Morris gesagt hatte. »Wenn ich Cole nicht als vermisst melde, wird es jemand anders tun. Und dann wird man uns verdächtigen. Außerdem habe ich es Daryl versprochen. Er riskiert eine ganze Menge für uns.«

»Okay«, sagte Piper. »Aber Leo kommt mit, falls es Schwierigkeiten gibt.«

Sie schubste ihren überraschten Mann in Richtung Haustür.

»Dann bin wohl nur ich übrig, um im *Buch der Schatten* nach einem Bannspruch für aggressive Föten zu suchen«, seufzte Piper.

Immer dasselbe.

Die Hölle war in vielen Dingen nicht anders organisiert als die Welt der Menschen. Es gab Anführer, Armeen von Untertanen – und Gesetze, an die man sich zu halten hatte. Und wie auf der Erde war es in der Unterwelt nicht immer nützlich, einen Gesetzesbrecher gleich zu vernichten. Allerdings sollte die ›Haftstrafe‹ in der Hölle den Übeltäter nicht resozialisieren, sondern ausschließlich seine Qualen verlängern.

Die Seherin war schon oft in dieser Gefängnis-Dimension gewesen. Nicht wenige der hier gefolterten und eingesperrten Dämonen hatte sie selbst mit ihrer Gabe ans Messer geliefert.

Auf Streckbänken lagen sie, in kochendem Wasser wurde ihre Haut verbrannt und mit Steinen auf den Brustkörben machte man ihnen das Atmen zur Qual.

Die Seherin ging völlig gleichgültig, ohne einen Seitenblick auf die Gefangenen zu werfen, in einen Felsendom, in dessen Halle ein einziger Käfig stand. Und in diesem Käfig hockte eine Gestalt. Sie war von menschlichem Aussehen, auch wenn ihre Haut hellgrau schimmerte. Obwohl der Gefangene kniete, war es offensichtlich, dass er fast drei Meter groß war.

Es war der Gigant, auch Weltenfresser genannt.

Früher war er eine Legende gewesen. Noch heute erzählte man sich Geschichten von seinen Taten.

Die Seherin trat vor den Käfig. »Ich habe einen Vorschlag für dich.«

Langsam hob der Gigant seinen müden Kopf. »Niemand kommt in das Gefängnis der *Quelle* – nur die Toten, die Verdammten oder die Verzweifelten. Was bist du?«

Es machte keinen Sinn, um den heißen Brei herumzureden. »Ich bin verzweifelt. Und ich brauche deine Kräfte.«

»Ich habe Kräfte?« Der Gigant schien in sich hineinzuhören. »Ja, ich habe Kräfte. Ich hatte es fast schon vergessen. Die Jahrhunderte in diesem Käfig, die Ewigkeit ohne Hoffnung auf Gnade, lassen das Gedächtnis verblassen.«

Die Seherin strich mit der Hand über die Eisenstäbe des Käfigs. »Ein exquisites Gefängnis.«

Der Gigant sprach mit sichtlichem Respekt. »Die *Quelle* hat den Käfig aus unzerstörbarer Magie herstellen lassen. Niemand kann aus ihm entkommen.«

»Ich weiß«, sagte die Seherin beiläufig, »er gehört zu meinen besten Arbeiten.«

Der Gigant sah sie überrascht an, blieb aber stumm.

»Es stimmt«, fuhr die Seherin fort, »ich habe den Käfig erschaffen. Es ist meine Macht, die dich gefangen hält. Und meine Macht kann dich auch wieder befreien.«

»Das würde die *Quelle* niemals zulassen«, erwiderte der Gigant skeptisch.

»Die *Quelle* ist tot«, verkündete die Seherin. »Ich kann dir die Chance geben, zu entkommen und dich mit der neuen *Quelle* auszusöhnen. Aber dazu brauche ich deine Hilfe.«

»Was ist zu tun?«, wollte der Gigant wissen.

»Deine Aufgabe wird es sein, das zu tun, was keinem Dämon bisher gelungen ist. Du sollst eine *Zauberhafte* fangen und auf ewig einsperren.«

»Eine was?«, fragte der Gigant verwirrt.

»Eine *Zauberhafte*«, erklärte die Seherin. »Eine mächtige Hexe. Du musst sie in die Unterwelt bringen. Nur dann werden meine Kräfte bei ihr wirken. Interessiert?«

Der Gigant lächelte und richtete sich auf. Dabei stieß sein Kopf an die Decke des Käfigs. »Lass mich frei.«

Die Seherin hob die Hand. »Bedenke – es ist meine Kraft, die dich gefangen gehalten hat. Und es ist meine Kraft, die dich wieder bezwingen wird – solltest du versuchen, mich zu hintergehen.«

Der Gigant nickte.

Der Pakt war geschlossen.

Auf dem Revier herrschte wie immer hektische Betriebsamkeit. Beamte rannten hin und her, Verdächtige wurden abgeführt, Berichte getippt.

Leo machte Phoebe die Tür auf. Die junge Hexe war ganz darauf konzentriert, mit ihrem Bauch zu sprechen. »Und wenn du gleich wirklich brav bist, esse ich heute Abend ein ganzes Steak!«

Daryl Morris kam auf sie zu und sein Gesichtsausdruck verhieß nichts Gutes. »Da seid ihr ja. Inspector Miles wird die Vermisstenmeldung aufnehmen. Er ist darauf trainiert, eine Lüge sofort zu erkennen. Du solltest dich also so weit wie möglich an die Wahrheit halten.«

Phoebe grinste hilflos. Das war leichter gesagt als getan. Wenn man ihr auf die Schliche kam, würde sie wegen Gattenmordes im Kittchen landen.

Aber Glück im Unglück – in Kalifornien gab es keine Todesstrafe.

Und wenn sie die volle Wahrheit ausplauderte, wartete eine gemütliche Gummizelle in der Irrenanstalt auf sie.

Doch Glück im Unglück – Hexen wurden heutzutage nicht mehr verbrannt.

Daryl führte sie und Leo in ein kleines Büro, wo Inspector Miles schon wartete. Er war in den Vierzigern und sein Bauch deutete an, dass er vermutlich seit einigen Jahren keinen Dienst mehr auf der Straße getan hatte. Er trug diese unglaublich typische Beamtenuniform aus grauer Hose, weißem Hemd und weinroter Krawatte.

Nach einer kurzen, förmlichen Begrüßung kam Miles gleich zur Sache. »Morris hat mir erzählt, dass Sie glauben, dass Ihr Mann die Stadt verlassen hat.«

»Ich weiß nicht, was ich glauben soll«, antwortete Phoebe. »Wir hatten letzten Mittwoch einen ... Konflikt. Seitdem habe ich ihn nicht mehr gesehen.«

Sie atmete tief ein. Nicht schlecht. Bis hierher hatte sie die Wahrheit gesagt.

»Hat er etwas zurückgelassen?«, wollte Miles wissen.

»Nein«, sprang Daryl ein. »Ich habe es selber überprüft. Kleidung, Persönliches – alles weg.«

»Worum ging es in diesem ... Konflikt?«, hakte Miles nach.

»Meine Schwestern«, antwortete Phoebe. »Ich habe zwei und beide sind nicht besonders begeistert von Cole.«

»Warum nicht?«

Phoebe lächelte leicht. »Sie wissen doch, wie das ist – manchmal passt es einfach nicht: Hund und Katze, Tag und Nacht, Himmel ...«

»... und Hölle?«, vollendete Miles.

»Bingo«, presste Phoebe verkrampft hervor.

»Sie meinen also, dass ihr Mann eine dunkle Seite hat?«, wollte der Polizist nun wissen.

Phoebe gefiel das nicht. Miles fragte, als ob er mehr wusste, als er zugab. Und überhaupt – dunkle Seite? War das hier der »Krieg der Sterne«?

»Könnte man sagen«, antwortete sie schließlich zögerlich.

»Hat er Ihnen je weh getan?«, schoss es nun unvermittelt aus Miles heraus.

Phoebe mühte sich nach Kräften, ruhig zu bleiben.

Ganz ruhig.

Der Typ wollte sie nur provozieren.

Keine Chance.

Sie konzentrierte sich so sehr darauf, nicht wütend zu werden, dass sie erst gar nicht bemerkte, wie die Akten im Regal hinter Miles anfingen, sich zu bewegen und dann urplötzlich auf den Beamten hinabregneten.

Der Polizist hielt sich schützend die Arme über den Kopf und sprang von seinem Stuhl auf. Daryl griff unterstützend ein und auch Leo bot seine Hilfe an. »Warten Sie, ich helfe Ihnen.«

Die drei Männer begannen, die Akten wieder vom Boden zu sammeln.

»Hör sofort auf!«, zischte Phoebe ihren Bauch an, dann stand sie auf. »Mein Mann mag nicht gerade ein Mustergatte sein, aber ich denke, wir sollten uns weitere negative Aussagen über ihn verkneifen.«

Miles sah einen Moment lang vom Boden auf. »Sorry, Lady, aber ich sag's, wie ich es sehe. Sie werden schwanger, er verschwindet – klingt nach einem klassischen Fall von Drückeberger.«

Er blickte wieder auf die Papierstapel, die über den Boden verteilt waren. Das war auch gut so, denn in Phoebes Hand bildete sich gerade ein Feuerball. Es war einer von der Sorte, mit denen Cole immer seine Gegner vernichtet hatte.

Leo bemerkte als Erster, was vor sich ging.

»Mach das Ding aus«, zischte er.

»Geht nicht«, flüsterte Phoebe verzweifelt, während sie

ihre Hände schüttelte. Nutzlos – dieses Flammending klebte wie ein Kaugummi.

Sie drehte den beiden Polizisten den Rücken zu, um Zeit zu gewinnen.

Leider wurde Phoebes Hand immer wieder in die Richtung des Inspectors gezogen, der gerade versuchte, das Chaos am Boden seines Büros zu beseitigen.

Verzweifelt blickte Phoebe sich um. Sie erspähte einen metallenen Papierkorb, der neben der Türe stand.

Mit einem Ruck warf sie den Feuerball in den Blecheimer.

Sofort gingen die darin liegenden Papierfetzen in Flammen auf.

Aus dem Augenwinkel bekam Daryl Morris mit, dass etwas nicht in Ordnung war. Er drehte sich um, sah den brennenden Abfalleimer und die junge Hexe und schrie entgeistert auf. »Phoebe?! Ich meine – Feuer!«

»Lassen Sie mich ran!«, rief Miles sofort und zog unter seinem Schreibtisch einen Mini-Feuerlöscher hervor.

Ein, zwei Sekunden später war das Problem gelöst.

»Warum tust du mir das an?«, flüsterte Leo Phoebe zu.

»Das bin ich doch gar nicht«, verteidigte sich die schwangere Hexe. »Es passiert immer, wenn jemand schlecht über Cole redet.«

Daryl wollte etwas sagen, aber er hielt inne, als er Phoebes verkrampftes Gesicht sah. Sie beugte sich vor und packte eine Stuhllehne, um sich abzustützen.

»Irgendetwas nicht in Ordnung?«, fragte Miles besorgt.

»Mein Magen«, krächzte Phoebe, »es ist, als ob jemand darin ein Lagerfeuer angezündet hat.«

»Leo, du solltest sie besser nach Hause bringen«, meinte Daryl.

Leo nickte. Er nahm seine Schwägerin am Arm und führte sie aus dem Büro.

Daryl sah den beiden nach. Es war auf jeden Fall besser, die Befragung auf einen anderen Termin zu verschieben.

In den letzten Wochen hatte Piper immer die Starke der Halliwell-Schwestern sein müssen. Die Unsicherheiten von Paige, die katastrophale Liebe von Phoebe zu Cole – was immer gewesen war, Piper hatte die Familie zusammengehalten.

Sie schaffte das mit der Liebe von Leo und mit der ihr eigenen Ruhe.

Aber die Worte, die sie gerade am Telefon von der Arzthelferin gehörte hatte, zogen ihr den Boden unter den Füßen weg. Alle Farbe wich aus ihrem Gesicht und ihre Hände begannen zu zittern.

»Nein, ich bin okay«, log sie in den Apparat. »Ganz sicher. Ich melde mich dann wegen des nächsten Termins.«

Sie legte auf.

Dann ging sie langsam in die Küche, wo Paige die zweite Ladung Zaubertrank zubereitete.

»Du kommst gerade richtig«, rief ihre Schwester und hielt ihr ein Fläschchen hin. »Neuer Versuch, neues Glück. Und bei dir – irgendein Hinweis im *Buch der Schatten*, wie man dämonischen Nachwuchs in Schach hält?«

Piper schüttelte geistesabwesend den Kopf, während sie sich hinsetzte. »Nur ein Bannspruch, der dem Kind seine Kräfte nehmen würde – aber dann wäre auch Phoebe hilflos.«

»Zumindest sollten wir das als letzten Ausweg im Hinterkopf behalten«, erklärte Paige kategorisch. »Mit diesem Baby ist etwas faul.«

»Stimmt schon«, seufzte Piper, »aber das ist nicht wichtig. Das Kind ist Teil von uns, Teil unserer Familie.«

Sie sah Paiges fragenden Gesichtsausdruck, deshalb fuhr sie fort. »Gut möglich, dass Phoebes Sohn der einzige Nachwuchs im Halliwell-Haushalt bleiben wird.«

Paige setzte sich ihrer Schwester gegenüber. »Okay, was soll das? Was ist los?«

Piper mühte sich mit der Antwort. »Ich habe eben mit der Praxis von Dr. Forester gesprochen. Es ging um die Ergebnisse der Fruchtbarkeitsuntersuchung.«

»Und?«

»Es gibt ein Problem. Irgendeine Sache mit vernarbtem Unterleibsgewebe.« Sie lachte gallig auf. »Er hat mich gefragt, ob ich in meinem Beruf häufig hingefallen wäre.«

»Oh, Schätzchen«, sagte Paige mitfühlend und legte ihre Hand auf die ihrer Schwester.

»Er meint, es würde für mich sehr schwer, vielleicht sogar unmöglich, schwanger zu werden.«

»Das tut mir so Leid«, flüsterte Paige und Tränen stiegen ihr in die Augen.

»Seltsam«, fuhr Piper fort, »in der Vision meiner Zukunft habe ich sie doch gesehen. Meine Tochter. Ich weiß, wie sie aussieht, wie sie spricht, wie sie lacht. Und nun soll ich sie nie wirklich kennen lernen?«

»Das ist doch noch gar nicht raus«, schluchzte Paige leise.

»Ich weiß nicht, wie ich es Leo sagen soll«, murmelte Piper und blickte aus dem Fenster. »Er freut sich so sehr auf ein Kind.«

Wie aufs Stichwort ging die Haustür auf und Leos Stimme ertönte. »Piper!«

Das klang dringend.

Die beiden Schwestern sprangen auf und liefen Leo und Phoebe entgegen.

Es war offensichtlich, dass es Phoebe nicht gut ging. Sie hielt sich den Bauch und ging gebeugt.

»Es wird schlimmer«, erklärte Leo den Schwestern.

»Kannst du denn nichts tun?«, fragte Piper.

»Ich habe versucht, sie zu heilen«, antwortete Leo, »aber es klappt nicht.«

Phoebe stieß ihn von sich weg. »Aus dem Weg, ich spüre etwas.«

Sie hatte die Worte kaum ausgesprochen, da schossen wieder Flammen aus ihrem Kopf. Sie stöhnte, ging in die Knie und drückte ihre Hände auf die Schläfen.

Egal, was ihre eigenen Probleme waren, Phoebe brauchte jetzt Pipers Stärke.

Und Piper war stark.

»Paige, du gehst wieder in die Küche, zu deiner eigenen Sicherheit«, befahl sie ihrer Schwester.

Dann drehte sie sich zu ihrem Ehemann. »Leo, besorg Eiswasser oder etwas Ähnliches.«

Dann hockte sich Piper hinter Phoebe und nahm sie fest in den Arm. »Und jetzt ganz ruhig durchatmen.«

Eine Minute verging.

Langsam beruhigte sich Phoebe wieder. Ihre Atmung verlangsamte sich.

Bis sie den Giganten sah.

Er kam wie aus dem Nichts und stand plötzlich im Raum.

»Vorsicht!«, rief Paige, die um die Ecke gelugt hatte.

Piper stand auf und nutzte ihre Magie, um den Fremden einzufrieren.

Ohne Ergebnis.

»Verdammt!«, knurrte sie.

Leo war jetzt auch wieder da. Er hatte als Wesen des Lichts keine Angriffskräfte, aber einen Stuhl konnte er trotzdem werfen.

Etwas Seltsames geschah – der Stuhl wurde von dem riesigen Mann einfach absorbiert. Er drang mühelos in den Körper ein, ohne auf der anderen Seite wieder herauszukommen.

Leo zog die richtigen Schlüsse. »Was auch immer ihr tut, fasst ihn nicht an!«

Piper half ihrer schwangeren Schwester auf die Beine, um sie in Sicherheit zu bringen.

»Ihr könnt vor mir weglaufen«, verkündete der Dämon mit düsterer Stimme, »aber ich werde euch immer finden!«

Paige nutzte die Gunst des Augenblicks und spurtete direkt an dem Giganten vorbei zu ihren Schwestern.

Doch sie kam nicht weit. Ein Kick von Phoebe stoppte sie mitten im Lauf und warf sie zurück – direkt in den Giganten hinein!

In einem orangenen Leuchten verschwand sie. Und mit ihr der seltsame Fremde.

Zurück blieben Leo, Piper und Phoebe.

»Das war ich nicht«, keuchte Phoebe entsetzt, »es war das Baby. Ich konnte es nicht kontrollieren.«

Leo und Piper sagten nichts.

Das hier war schon lange kein Spiel mehr.

Es ging um den Kampf der *Zauberhaften* gegen ein Teufelsbaby.

Und es stand 1:0 für das Baby ...

4

OBWOHL IHR NICHT WIRKLICH KALT WAR, hatte sich Phoebe in eine warme Decke gewickelt. Sie saß zusammengekauert auf dem roten Plüschsofa. Neben ihr lag das *Buch der Schatten*, als Leo neben ihr materialisierte.

»Hast du sie finden können?«, fragte Phoebe hoffnungsvoll.

Der *Wächter des Lichts* schüttelte den Kopf. »Wenn sie in der Unterwelt versteckt wird, sind meine Kräfte wirkungslos.«

Piper kam aus der Küche, in der Hand einen Saftkrug und ein Glas. »Irgendwelche Hinweise, was diesen seltsamen Dämon angeht?«

Phoebe nickte und schnappte sich wieder das *Buch der Schatten*. »Ich glaube schon.«

Piper setzte sich neben ihre Schwester und las langsam den Eintrag vor, der aufgeschlagen war. »Der große Mann. Wahrer Name unbekannt. Mündliche Überlieferungen erzählen von einem Giganten, dessen Körper das Tor in die andere Dimension ist. Der Legende nach wurde er vor Jahrhunderten weggesperrt, deshalb ist es kaum zu belegen, ob er wirklich jemals existierte.«

»Es wird noch schlimmer«, sagte Phoebe und blätterte um, »es gibt kein Mittel gegen seine Kräfte. Und die *Quelle* fühlte sich von ihm so bedroht, dass sie ihn verdammte, die Ewigkeit in einem Käfig zu verbringen.«

»Die Seherin wird ihn freigelassen haben, um Phoebe zu fangen«, mutmaßte Cole.

»Und ich bin schuld, dass er stattdessen Paige erwischt hat«, knirschte Phoebe missmutig.

»Das hatte nichts mit dir zu tun«, beruhigte Piper sie. »Wie geht es dir überhaupt?«

Phoebe horchte in sich hinein. »Besser. Es scheint zu schlafen. Große Schmerzen habe ich meistens dann, wenn es wach ist – und Magie benutzt.«

Piper nickte und goss ihrer Schwester eine Erfrischung ein. »Trink ein Glas Eistee, das kühlt ab.«

Dankbar nahm Phoebe das Glas und wollte daraus trinken.

Doch sie kam nicht dazu.

Bevor sie überhaupt ihre Lippen benetzt hatte, warf die junge Hexe das Getränk mit Wucht von sich weg. Es krachte klirrend an die Wohnzimmerwand.

Piper stand auf und stellte sich hinter ihren Ehemann. Auch Leo schien eher besorgt denn erschrocken.

»Was soll das?«, keifte Phoebe. »Jetzt darf ich nicht einmal mehr Eistee trinken?«

»Die Sache ist die«, druckste Piper herum, »es war nicht wirklich Eistee.«

Jetzt bemerkte auch Phoebe, dass die auf dem Boden verteilte Flüssigkeit seltsam dampfte.

»Es war ein Trank, um die Kräfte des Babys zu bannen«, rückte Leo mit der Wahrheit heraus. »Paige hat es vorgeschlagen, damit wir dein Kind besser kontrollieren können.«

»Ich konnte es dir vorher natürlich nicht sagen, sonst hätte das Baby dich daran gehindert, es zu trinken«, ergänzte Piper.

»Das hat es trotzdem getan«, entgegnete Phoebe resigniert. »Es weiß Dinge, die ich nicht einmal ahne. Es will die Kontrolle über mich haben.«

»Das darf nicht passieren«, stellte Leo fest. »Wenn es einmal die Kontrolle hat, wird es dich nie mehr freigeben.«

»Das weiß ich«, seufzte Phoebe. Es dauerte, bis sie die nächsten Worte über die Lippen brachte. »Es ist nicht mein Kind. Es ist auch nicht Coles Kind. Es ist das Kind der *Quelle.*«

Leo und Piper blickten sich verstohlen an. Sie hatten gehofft, dass Phoebe früher oder später zu dieser Erkenntnis kommen würde. Nun war es so weit.

Aber es war kein glücklicher Moment.

Es war klar, dass Phoebe auf ihr Kind würde verzichten müssen. So oder so.

Paige wachte auf einem harten, dreckigen Boden auf. Im Gegensatz zu Piper konnte sie mit so etwas allerdings ganz gut umgehen. Sie hatte in ihrer Teenager-Zeit an einigen seltsamen Orten geschlafen und sie war nicht immer dort aufgewacht, wo sie sich hingelegt hatte.

Die Schreie und das Gestöhne aus der Dunkelheit um sie herum machte sie allerdings nervös. Sie setzte sich auf.

Es war nicht schwer zu erkennen, dass sie sich wieder einmal in einer Unterwelt-Dimension befand. Die sahen alle ziemlich gleich aus – Schwefelgeruch, Dunkelheit, nackter Fels, Dreck.

Zu allem Übel befand sich Paige allerdings in einem

Käfig, der aussah, als wäre er vor 400 Jahren dazu benutzt worden, Gefangene auf Sklavenschiffen nach Amerika zu bringen.

Paige versuchte sich daran zu erinnern, was geschehen war.

Ach ja, dieser riesige Typ.

Und der Tritt von Phoebe.

Sie würde mit ihrer Schwester ein ernstes Wörtchen reden müssen.

Erst jetzt entdeckte Paige die Seherin, die im Halbdunkel vor dem Käfig stand.

Sie strich sich durch die Haare. »Hast du es jetzt mit Domina-Spielchen?«

Die Seherin zeigte keine Emotion. »Nicht die Schwester, die ich erwartet hatte. Aber das macht nichts.«

Paige hatte keine Lust, mit der Seherin Smalltalk zu betreiben. »Ich kann leider nicht bleiben. Du bist mir sowieso zu gruselig.«

Entspannt sah die Seherin zu, wie Paige versuchte, aus dem Käfig zu fliehen. Der Funkenregen segelte nach oben – und stieß an die Käfigdecke!

Wie ein Pingpong-Ball rauschte das blaue Licht in den nächsten zwei Sekunden von Käfigstange zu Käfigstange. Und jedes Mal wurde es zurückgeworfen.

Die Seherin war mit ihrer Arbeit zufrieden. Der Käfig war zwar nicht für eine *Zauberhafte* gebaut worden, aber er hielt dennoch.

Endlich materialisierte Paige wieder und war immer noch im Käfig.

»Du wirst nirgendwo hingehen!«, lachte die Seherin.

Entnervt stand Paige auf. Im Gegensatz zum Giganten konnte sie in dem Käfig bequem stehen. »Und was hattest du vor? Wolltest du Phoebe hier so lange festhalten, bis sie das Kind bekommt?«

»So viel Zeit habe ich nicht«, antwortete die Hohe Priesterin der Schwarzen Macht.

»Was auch immer du vorhattest – es ist wohl schief gegangen«, murmelte Paige.

»Oh, gar nicht«, widersprach die Seherin. »Phoebe wird zu mir kommen, sobald sie meine Nachricht erhält.«

»Welche Nachricht?«, fragte Paige vorsichtig.

Sie hoffte, es hatte nichts mit abgeschnittenen Fingern zu tun – das hatte sie mal in einem Mafiafilm gesehen.

Doch nichts dergleichen. Die Pupillen der Seherin wurden nur plötzlich milchig weiß und sie legte den Kopf in den Nacken.

Das gefiel Paige allerdings noch weniger.

Im Halliwell-Haus wurde Phoebe von einer starken Vision erfasst. In wackeligen, verschwommenen Bildern sah sie eine Dämonen-Dimension. Da war die Seherin – und Paige in einem Käfig! Mit einer herrischen Handbewegung deutete die satanische Dienerin auf Phoebes Schwester – die daraufhin in einer Flammensäule verging.

Phoebe riss die Augen wieder auf. »Ich hatte gerade eine Vision«, keuchte sie. »Die Seherin – sie wird Paige töten!«

»Wie kannst du eine Vision haben, ohne etwas anzufassen?«, wollte Leo wissen.

»Keine Ahnung«, sagte Phoebe wahrheitsgemäß, »vielleicht kann die Seherin so etwas aussenden.«

In diesem Augenblick erschien der Gigant wieder auf der Bildfläche. Groß, ruhig, Angst einflößend.

»Das ist nicht alles, was die Seherin geschickt hat«, konstatierte Piper.

Der Gigant streckte die Hand nach Phoebe aus. »Komm mit mir oder deine Schwester wird sterben. Wie in deiner Vision.«

Phoebe machte einen Schritt auf den Dämon zu.

»Nein!«, rief Piper.

»Es ist eine Falle!«, warnte auch Leo.

»Das ist egal«, murmelte Phoebe. »Ich muss Paige retten und das hier ist meine einzige Chance.«

Leo packte sie am Arm.

Ein Fehler.

Aus der Drehung heraus schleuderte Phoebe ihn gegen die Wand.

»Lass das Baby keine Kontrolle über dich haben!«, rief Leo, als er wieder auf die Füße kam.

»Das hatte nichts mit dem Baby zu tun«, knurrte Phoebe. »Das war ich. Ich habe Paige in Schwierigkeiten gebracht, ich hole sie da auch wieder raus.«

Unauffällig schnappte sich Piper ein verschlossenes Fläschchen mit der zweiten Portion des Tranks, den Paige vorbereitet hatte.

»Mal sehen, wer schneller ist!«, rief sie. Dann setzte sie zum Spurt an, um vor ihrer Schwester den Giganten zu erreichen.

Phoebe ließ sich erst gar nicht auf das Wettrennen ein. Sie streckte nur den Arm vor und von einem mächtigen blauen Flammenstrahl wurde der Gigant nach hinten geworfen. Piper, die versucht hatte, die letzten zwei Meter mit einem Hechtsprung zu überbrücken, landet hart auf dem Holzboden.

Dabei zerbrach das Fläschchen.

»Verdammt!«, schrie die junge Hexe erbost.

Leo half ihr auf die Beine. Erst jetzt wurde ihr klar, dass dieser blaue Flammenstrahl keine Kraft der *Zauberhaften* war. »Kam das von dir?«

»Ich kann nicht zulassen, dass ihr euer Leben für mich riskiert«, erklärte Phoebe bestimmt.

»Warum denn nicht?«, rief Piper.

Im Hintergrund rappelte sich der Gigant langsam wieder auf.

»Du darfst dich nicht so sehr auf die Kräfte deines Kindes verlassen«, warnte Leo.

Aber Phoebe hörte nicht mehr zu. Sie sah auf den Giganten, der nun wieder auf den Beinen war.

»Komm her, Hexe!«, schrie der Dämon wütend.

Erneut hob Phoebe den Arm und gegen den blauen Flammenstoß, den sie nun abschoss, wirkte der vorhergehende wie eine Wunderkerze.

»Nicht, Phoebe!«, rief Piper entsetzt, die spürte, dass alles außer Kontrolle geriet.

Doch Phoebe kam jetzt erst richtig in Fahrt. Sie verstärkte den Strahl und genoss es sichtlich, als der Gigant zu brennen begann.

Es war unglaublich. Ein unbesiegbarer Dämon – besiegt!

Nach fast zehn Sekunden war der Kampf beendet. Vom Giganten war nichts übrig und Phoebe starrte nur geistesabwesend auf ihre Handfläche, von der Rauch hinaufstieg.

»Phoebe, weißt du, was du da gerade getan hast?«, keuchte Piper atemlos. »Der Gigant galt doch als unzerstörbar.«

Phoebe sah ihre Schwester an – und durch sie hindurch. Ihre Pupillen wurden tiefschwarz und keine Seele lag mehr in ihrem Blick.

Leo hielt seine Frau zurück. »Vorsicht, das ist nicht mehr Phoebe.«

Wie zur Bestätigung löste sich die junge Hexe in einem Flammenwirbel auf und verschwand.

Es war der Flammenwirbel, den Phoebe auch benutzt hatte, als sie noch auf der Seite des Bösen gestanden hatte.

Piper hatte noch nicht ganz realisiert, dass Phoebe weg war, als die junge Hexe schon in der Unterwelt materialisierte.

Sie erschien zwei Meter vor dem Käfig, der Paige und ihre Kräfte bannte, doch sie hatte keinen Blick für ihre Schwester. Mit schwarzen, leeren Augen schaute sie auf die Seherin.

»Komm zu mir«, lockte die Hohe Priesterin des Bösen.

Phoebe machte einen Schritt auf sie zu.

»Nein!«, schrie Paige.

»Begleite mich«, sprach die Seherin leise und führte Phoebe in einen magischen Kreis, der aus Kornähren gelegt war. »Das Getreide repräsentiert die Natur, Fruchtbarkeit – und Nahrung.«

Phoebe kniete nieder und die Seherin legte ihr die Hand auf den Kopf. »Ihr dunklen Mächte, steht mir bei, zu stehlen das Kind, das euer Führer bald sei!«

»Phoebe, du musst dich wehren!«, rief Paige, die ob ihrer Hilflosigkeit fast verzweifelte.

Es war zu spät. Ein hellrotes Leuchten erfüllte plötzlich Phoebes Körpermitte und ein sanftes Lichtband schlängelte sich aus ihrem Bauchnabel direkt in den Leib der Seherin.

Es war die Übergabe des Höllenkindes.

Mit der Vollendung des Rituals bekamen die Kräfte des Guten wieder die Macht über Phoebes Körper und ihre Augen wurden wieder klar.

»Mein Baby!«, keuchte sie.

»Es war nie dein Baby«, sagte die Seherin abschätzig. »Und auch nicht das Baby Coles. Es war vom Moment der Zeugung an das meine!«

Sie knöpfte ihr schwarzes Kleid auf und unter ihrer Bauchdecke konnte man eine schwache Bewegung erkennen.

Damit hatte Phoebe ihr Baby endgültig an die dunkle Macht verloren.

5

DANE SCHRITT UNGEDULDIG in dem magischen Pentagramm vor dem Schwarzen Priester hin und her.

»Das Ultimatum ist abgelaufen!«, bellte er. »Der Thron ist mein!«

Er war sichtlich nervös.

So nahe dran.

Wenn er einmal die Macht in Händen hatte, würde sie ihm niemand mehr nehmen können.

»Wir können noch warten«, beschied ihn der Zeremonienmeister.

»Ich will die Macht!«, schrie Dane und hieb mit der Faust auf das Podest, auf dem die *Gremoir* lag.

In diesem Moment materialisierte die Seherin im Pentagramm der Dimension.

Dane hielt einen Moment den Atem an. Dann sah er, dass sie allein war.

»Du wolltest den Erben der *Quelle* bringen«, sagte er süffisant, »nun – wo ist er?«

»In mir!«, verkündete die Seherin knapp und ihre Augen wurden schwarz.

Ein Murmeln ging durch die Reihen der Dämonenführer. Furcht und Demut waren spürbar.

Auch der Schwarze Priester senkte ehrfurchtsvoll das Haupt. Er stellte sich an die Seite der Seherin. »Das Urteil ist ergangen. Die Seherin wird die neue *Quelle* werden!«

Dane Jotton schüttelte entgeistert den Kopf. »Das ist ein Trick!«

Doch niemand hörte mehr auf ihn.

»Ich habe ein Geschenk gebracht«, verkündete die Seherin und mit einer Handbewegung ließ sie auf dem freien Platz hinter dem Pentagramm einen Käfig erscheinen – mit Paige und Phoebe Halliwell.

Ungläubig blickten die Dämonen auf die *Zauberhaften*. Die größte Gefahr für die Unterwelt – gefangen? Ein Ghoul wollte es genau wissen und griff nach Phoebe. Die junge Hexe schlug ihm auf die Finger. »Pfoten weg!«

Auch Dane trat an den Käfig heran. Er sah eine Chance, die Gegenwart der Hexen politisch zu nutzen. »Wie kannst du es wagen, die *Zauberhaften* hierher zu unserer heiligen Stätte zu bringen? Das ist Verrat!«

»Die Hexen sind in einem Käfig, aus dem sie nicht ausbrechen können«, erklärte die Seherin gelassen.

»Das kannst du nicht wissen!«, entgegnete Dane.

Die Seherin schüttelte den Kopf. »Du gehst mir auf die Nerven.«

Mit einem blauen Flammenstrahl beendete sie das Jahrhunderte währende Leben von Dane und alle seine Ambitionen, jemals die *Quelle* zu werden.

Der Priester besah sich den Käfig genauer. »Gehe ich recht in der Annahme, dass die Hexen auch die Menschenopfer sein sollen, die zu deiner Krönung benötigt werden?«

Die Seherin nickte.

»Menschenopfer?«, stöhnte Paige. »Niemand hat bisher was von Menschenopfern gesagt!«

Die Seherin wandte sich wieder an ihre künftigen Untertanen. »Eine neue Welt, eine Herrschaft des Bösen, und die Vernichtung der *Zauberhaften* – mein Plan wird sich heute erfüllen! Alle Anwesenden werden in meiner Gunst ...«

Sie hielt inne, verdrehte die Augen und stolperte einen Schritt nach vorne.

Der Schwarze Priester trat zu ihr. »Was ist los?«

Unter großen Schmerzen winkte die Seherin ab. »Beginne mit der Zeremonie!«

»Sieht aus, als hätte sie auch nicht mehr Glück mit der Schwangerschaft als du«, flüsterte Paige ihrer Schwester zu. Dann wurde ihr klar, was sie da sagte. »Sorry, das war unsensibel.«

»Schon okay«, murmelte Phoebe. »Es war nicht mein Kind.«

Jetzt war Paige verwirrt. »Was soll das denn heißen?«

Während der Priester die Formel sprach, die die Seherin zur neuen *Quelle* machen sollte, klärte Phoebe ihre Schwester auf. »Vom ersten Tag der Schwangerschaft habe ich es gespürt. Es war wie ein schwarzes Loch in mir, eine seelenlose Masse.«

»Phoebe ...«, sagte Paige gedehnt.

»Was?«

»Ich hab's ja gleich gewusst«, schnappte die junge Hexe grinsend.

Jetzt musste auch Phoebe lächeln. Man konnte über Paige sagen, was man wollte – sie wusste, wie man jemanden wieder aufbaute.

»Es tut mir echt Leid«, fuhr Paige fort.

»Ich weiß«, winkte Phoebe ab.

Sie konzentrierten sich wieder auf das Ritual. Etwas anderes blieb ihnen ja nicht übrig.

»Seherin, bist du bereit?«, fragte der Schwarze Priester

nun, »im Angesicht der Anführer aller Dämonen-Clans die Herrschaft über die Unterwelt zu übernehmen?«

»Was machen wir denn jetzt?«, flüsterte Phoebe, die ahnte, dass ihnen die Zeit davonrannte.

»Wenn wir die Macht der Drei hätten, könnten wir vielleicht was ausrichten«, sagte Paige, »aber dieser Käfig ist total Magie-dicht.«

Phoebe hielt inne. »Der Käfig wurde gebaut, um Magie darin festzuhalten. Aber in meiner Vision habe ich gesehen, wie die Seherin dich mit einem Flammenstrahl in dem Käfig getötet hat.«

»Dann lässt der Käfig also zumindest Magie rein«, folgerte Paige. »Kennst du noch den Spruch, um eine verlorene Hexe zu rufen?«

Phoebe nickte. »Ist ja noch nicht so lange her, dass wir ihn brauchten, um dich zu finden.«

Sie begann mit der Beschwörung.

»Über alle Himmel fort,
schicken wir den Hexenschrei,
gleich an welchem fremden Ort,
holt er dich für uns herbei.«

»Mir gehen die Ideen aus«, gestand Piper.

»Wir müssen irgendetwas übersehen haben«, murmelte Leo. »Irgendein Detail, irgendeinen Hinweis.«

Er wanderte auf dem Dachboden hin und her. »Vielleicht können wir ja einen Dämon anrufen. Einen, der sich in der Unterwelt auskennt.«

Er wunderte sich, dass von seiner Frau keine Widerrede kam und drehte sich zum Podest mit dem *Buch der Schatten* um.

Keine Piper.

Sie war verschwunden!

Leo blinzelte.

Was war denn nun los?

Glitzernd tauchte Piper im Käfig auf und erblickte ihre Schwestern. »Ups«, war das Einzige, das ihr einfiel.

»Klasse, es hat funktioniert«, sagte Phoebe erleichtert.

»Wo sind wir?«, fragte Piper kritisch, als sie den Käfig und die vielen anwesenden Dämonen sah.

»In einem Käfig eingesperrt«, erläuterte Paige das Offensichtliche.

»Okay, dann nichts wie raus hier«, sagte Piper und wollte gerade ihre Kräfte einsetzen, als Paige und Phoebe ihr in den Arm fielen.

»Nicht!«, rief Paige. »Hier können deine Kräfte nichts bewirken. Sie werden von den Käfigwänden abprallen – und uns vielleicht sogar töten!«

Der Schwarze Priester war von dem Gequatsche der Schwestern sichtlich genervt. Es war schließlich eines der wichtigsten Rituale in der Unterwelt – da redete man nicht dazwischen wie bei einer Klassenfahrt.

Er deutete auf die *Gremoir*, deren schwarze Seiten mit weißer und blutroter Tinte beschrieben waren. »Seherin, lege deine Hand auf die *Gremoir* und leiste den Schwur.«

»Was machen die denn da?«, wollte Piper wissen.

»Oh, die krönen gerade die Seherin zur neuen *Quelle*«, erklärte Phoebe fast beiläufig.

»Und dann werden sie uns opfern«, vollendete Paige.

»Oshimi muha garat«, murmelte der Priester.

»Oshimi muha garat«, wiederholte die Seherin leiernd.

»Verstehe ich das richtig«, begann Piper säuerlich grinsend, »ihr habt mich hierher gerufen, wo meine Kräfte nicht wirken – damit wir zusammen geopfert werden können?!«

»Unser Plan ist nicht perfekt«, gab Paige zu.

»Omne oras merere parthe«, murmelte der Priester mit einem strafenden Seitenblick auf die Schwestern. Es würde ihm ein Vergnügen sein, sie zu opfern.

»Omne oras merere parthe«, wiederholte die Seherin.

»Denk doch mal positiv«, meldete sich Phoebe. »Wir sind wieder die Macht der Drei. Und es gibt nichts, was stärker wäre, oder?«

Gleichsam als Antwort darauf fuhr die Macht der *Quelle* in die Seherin. Ihr Körper begann überirdisch zu leuchten – ihr Gesicht, ihre Hände – selbst aus den Falten ihrer schwarzen Kleidung brachen die Lichtstrahlen heraus. Ihr Körper wurde in die Höhe gehoben und schwebte wie ein Leuchtfeuer über dem Pentagramm.

Die Dämonen gingen in die Knie vor ihrer neuen Herrscherin.

»Bist du sicher, dass es nichts Stärkeres als die Macht der Drei gibt, Phoebe?«, fragte Piper unsicher.

Ihre Schwester verkniff sich jede Antwort.

Die Seherin sank nun wieder zu Boden. Sie drehte sich zum Käfig und entdeckte Piper.

»Welch angenehme Überraschung«, flötete sie. »Alle drei *Zauberhaften* auf einen Streich. Das wird mich ...«

Erneut unterbrach sie, denn ihr Kopf stand plötzlich in Flammen. So bekam Phoebe endlich mal die Gelegenheit zu sehen, wie das auf Außenstehende wirkte.

Beeindruckend. Und lächerlich, ähnlich einem Slapstick-Film.

Die Seherin ging ächzend in die Knie und schlug sich wie in Rage mit den Händen auf den Kopf.

Unsicherheit machte sich unter den Dämonen breit.

»Es ist das Baby«, murmelte Phoebe. »Sie kann es nicht kontrollieren. Man fühlt sich, als ob einem der Schädel platzt.«

»Und was machen wir?«, wollte Paige wissen.

»Wir müssen sie dazu bringen, die Kraft des Babys zu nutzen«, stellte Phoebe fest. »Das wird sie überforden.«

»Wie sollen wir das anstellen?«, hakte Paige nach.

Es gelang der Seherin endlich, die Flammen auf ihrem Kopf durch schiere Willenskraft zu löschen. Sie richtete sich auf, bemüht, ihre Schwäche zu verbergen. »Alle Anwesenden werden nun die Macht der *Quelle* erleben!«

Das ging gegen die *Zauberhaften*.

»Schnell«, zischte Phoebe, »den Bannspruch der *Zauberhaften*!«

»Geht klar!«, flüsterte Piper.

Alle drei Halliwell-Schwestern fassten sich an den Händen, und begannen zu rezitieren:

»Die Macht der Drei macht uns frei.
Die Macht der Drei macht uns frei.
Die Macht der Drei macht uns frei!«

Mit einem blauen Flammenstrahl wollte die Seherin und neue *Quelle* den *Zauberhaften* endlich ein Ende setzen.

Doch ihre Magie prallte ab. Nicht am Käfig – die Stäbe waren nicht das Problem. Nein, der Strahl wurde von einer Art leuchtendem Kokon aufgehalten, der sich um die Hexen gebildet hatte.

»Was ist das Problem?«, fragte der Schwarze Priester.

»Es gibt kein Problem!«, schrie die Seherin und schoss aus ihrem linken Arm einen zweiten Strahl.

Doch auch diese geballte Höllenkraft war nutzlos gegen den ureigensten Schutzspruch der *Zauberhaften*.

Die Seherin schrie auf.

Und plötzlich – schlug ihre eigene Magie auf sie zurück.

Die Flammenstrahlen erstarben und bläuliche Blitze durchzuckten ihren Körper.

Die *Zauberhaften* hielten in ihrer Beschwörung inne.

»Ich glaube, es funktioniert«, flüsterte Phoebe.

Und wie es funktionierte!

Strahlen schossen jetzt aus dem Körper der Seherin willkürlich in alle Richtungen. Sie hatte keinerlei Kontrolle mehr darüber.

Links, rechts, vorne, hinten – überall wurden Dämonen getrofffen und verbrannt.

Die *Zauberhaften* begannen sofort wieder mit ihrem Schutzgebet, um nicht in diesem Höllenmassaker unterzugehen. »Die Macht der Drei macht uns frei!«

Die Seherin versuchte verzweifelt, die aus ihr strömenden Kräfte wieder in den Griff zu bekommen. Aber es war umsonst.

Der nächste ungelenkte Strahl erwischte den Priester, der mit einem überraschten Gesichtsausdruck zerplatzte.

Die Seherin blickte die Schwestern an – ihr war klar, dass sie verloren hatte.

Dann explodierte sie.

Es war wie eine fünf Quadratmeter große Nuklearsprengung – der Boden erbebte, es gab eine Stichflamme und die Druckwelle drohte fast, den Käfig umzuwerfen.

Alle Dämonen, die bis zu diesem Zeitpunkt das Glück gehabt hatten, den Strahlen der neuen *Quelle* zu entgehen, hauchten augenblicklich ihr Leben aus.

Dann wurde es sehr still in dieser Dimension der Unterwelt.

Nach ein paar Sekunden trauten sich Phoebe, Piper und Paige, ihre Augen zu öffnen.

»Wo sind die denn alle hin?«, staunte Paige.

Piper versetzte dem Frontgitter des Käfigs, dessen Magie erloschen war, einen Tritt. Die gesamte Seite krachte nach vorne weg und die *Zauberhaften* konnten ins Freie treten.

»Sieht aus, als hätte die Explosion sie alle erwischt«, murmelte Phoebe, der das gar nicht geheuer war. »Die Seherin, der Schwarze Priester, die Dämonen – alle weg.«

Piper sah sich grinsend um. »Wie es scheint, hat das Gute soeben einen erfreulichen Punktesieg über das Böse errungen.«

Paige deutete auf das Podest. »Die *Gremoir* hat die Sache überstanden.«

Tatsächlich – das *Buch des Bösen* war nicht einmal angesengt.

Phoebe verzog das Gesicht. »Es ist an der Zeit, dass wir uns dieses Schinkens endgültig entledigen.«

Piper und Paige widersprachen nicht.

6

*E*s FIEL DEN *Zauberhaften* schwer zu glauben, dass sie tatsächlich eine ganze Dämonen-Hierarchie vernichtet hatten. Damit war eine ganze Reihe von potenziellen Gegnern ausgeschaltet.

Natürlich würde sich bald wieder ein Höllendiener finden, der als *Quelle* das Böse anführen wollte. Aber dazu brauchte er einen neuen Schwarzen Priester – und die *Gremoir*.

Wie es aussah, würde die dunkle Seite eine Weile brauchen, um ihre ›Gebrauchsanleitung‹ wiederzufinden.

Die Halliwell-Schwestern saßen im Wohnzimmer, als Leo mit einem zufriedenen Gesichtsausdruck materialisierte und seine Hände an der Hose abklopfte. »So, die *Gremoir* liegt unter mehreren tausend Kubikkilometern Gestein in den Anden vergraben.«

Er ließ sich neben seiner Frau auf das Sofa fallen. Sie gab ihm einen Kuss. »Das hast du toll gemacht.«

»Wie oft haben wir jetzt schon die *Quelle* vernichtet?«, wollte Paige wissen.

»Drei Mal«, sagte Phoebe missmutig. Sie hockte zusammengerollt auf einem breiten Sessel. »Aber wer zählt schon mit?«

»Ist es damit endlich vorbei?«, fragte Paige Leo.

Er lächelte. »So wie es aussieht schon. Ihr solltet mal erleben was da oben los ist – die feiern richtig Party. Sie können immer noch nicht fassen, dass es euch gelungen ist, die *Quelle* zu vernichten.«

Piper bemerkte Phoebes traurigen Blick. »Wir sollten aber den Preis nicht vergessen, den wir bezahlt haben.«

Leo nahm ihre Hand. »Trotz alledem freue ich mich auf unsere eigenen Kinder.«

Paige mühte sich, unauffällig zur Seite zu schauen, während Piper endlich dazu kam, Leo die Neuigkeiten zu unterbreiten. »Darüber wollte ich noch mit dir sprechen. Die Praxis von Dr. Forester hat heute angerufen.«

»Und?«, fragte Leo neugierig.

Piper atmete tief ein. »Es wird nicht leicht werden.«

»Was bedeutet das?«

Piper legte ihm lächelnd den Zeigefinger auf die Lippen. »Schhh. Nicht weiter schlimm. Wir geben nicht auf. Es gibt so viele Möglichkeiten. Keine Sorge.«

Phoebe bewunderte mal wieder, wie souverän Piper das Problem anpackte. Keine Heulerei, kein großes Drama – mit Stärke und Vernunft hatte ihre Schwester Leo die Wahrheit gesagt.

»Ich bin sicher, dass die Blutslinie der Halliwells nicht mit uns enden wird«, pflichtete sie bei.

Jetzt fiel Piper etwas ein. Sie ging zur Kommode und zog einen Umschlag heraus. »Ich habe diesen Brief an dich in eurem Penthaus-Safe gefunden.«

Phoebe nahm ihn zögernd entgegen und blickte lange auf die Handschrift.

Es würde eine Ewigkeit dauern, bis sie Cole vergessen konnte.

Vielleicht noch länger.

Epilog

Geliebte Phoebe,
wenn du diesen Brief liest, werde ich tot sein. Und mit aller Wahrscheinlichkeit wirst du mich getötet haben. Im Himmel und in der Hölle bist du der einzige Mensch, der so viel Macht über mich hat.

Weine nicht um mich. Ich war tot, bevor ich dich traf. Und der Tag, an dem ich dir begegnet bin, war meine Geburt.

Solange ich deine Liebe habe, solange werde ich leben.

Phoebe legte sich auf ihr Bett. In der rechten Hand hielt sie den Brief.

Draußen kam Wind auf. Er rauschte durch das nächtliche San Francisco. Die Gardinen vor dem offenen Fenster wurden aufgeblasen.

Wenn sie ganz genau hinhörte, schien es Phoebe, als könnte sie Coles Stimme hören.

Seine Stimme, die ihren Namen rief.

Einfach zauberhaft!
Die Charmed-Bibliothek, Bd. 1–4

ISBN 3-8025-2709-7
Hexenpower

ISBN 3-8025-2727-5
Schwarze Küsse

ISBN 3-8025-2728-3
Der purpurne Fluch

ISBN 3-8025-2747–X
Stimmen der Vergangenheit

Egmont vgs verlagsgesellschaft, Köln

www.vgs.de

Die Macht der Drei!
Die Charmed-Bibliothek, Bd. 5–8

ISBN 3-8025-2751-8
Blutmond

ISBN 3-8025-2792-5
Der Geist mit der Maske

ISBN 3-8025-2817-4
Zirkuszauber

ISBN 3-8025-2818–2
Merlins Erbe

Egmont vgs verlagsgesellschaft, Köln

www.vgs.de

Die Zauberhaften hexen weiter …
Die Charmed-Bibliothek, Bd. 9–12

ISBN 3-8025-2862-X
Ein verhängnisvoller Wunsch

ISBN 3-8025-2861-1
Kampf gegen die Götter

ISBN 3-8025-2903-0
Die Macht der Drei

ISBN 3-8025-2902-2
Wolfsseele

Egmont vgs verlagsgesellschaft, Köln

www.vgs.de